Edició:
Equip Editorial Luis Vives

Direcció d'art:
Departament d'Imatge i Disseny GELV

Disseny de la col·lecció:
Manuel Estrada

El 0,7% de la venda d'aquest llibre es destina al Projecte «Mejora de la Calidad y oferta educativa del ciclo diversificado del Instituto Tecnológico de Quiché de Chichicastanango (Guatemala)», que gestiona l'ONG Solidaritat, Educació, Desenvolupament (SED).

1a edició, 2a impressió, setembre 2008

Miquel Adlert i Noguerol, 6 Baixos
46920 Mislata (València)
Telèfon: 963 759 811
www.edelvives.es

ISBN: 978-84-263-5667-3
Depòsit legal: Z. 3469-08

Tallers Gràfics Edelvives (50012 Saragossa)
Certificados ISO 9001
Printed in Spain

FITXA PER A BIBLIOTEQUES

MARTÍNEZ, Virgínia (1962-)
El segrest de la guardiana / Virgínia Martínez ; il·lustracions, Haciendo el León. – 1a ed., 2a reimp. – Mislata (València) : Baula, 2008
150 p. : il. ; 20 cm. – (Albades. Sèrie verda ; 8)
ISBN 978-84-263-5667-3
1. Somnis. 2. Viatges a través del temps. 3. Poders sobrenaturals. 4. Germans. I. Títol. II. Sèrie.
087.5:821.134.11-3"19"

BAULA

ALBADES

El segrest de la guardiana

Virgínia Martínez

Il·lustracions
Haciendo el León

La màgia de la fantasia
sempre és una subtil
i delicada realitat,
almenys per a les persones
amb capacitat d'imaginar.

Per als meus companys
que, com jo, treballen
amb la imaginació
dels seus alumnes.

I, especialment, per a Elsa San Fèlix.

1

La vida continua amb un diari

Feia tres anys des de la mort del iaio Pep. La separació ens va deixar a tots una mica perduts i tristos, doncs enyoràvem les seues converses plenes d'experiència. Però, com en tot en la vida, el temps sol apaivagar els sentiments. Al final la gent del poble, dia a dia, tornà a la normalitat quotidiana.

La cassoleta continuava sobre el poble, i cap persona s'havia donat compte del fet tan especial d'haver compartit la vida amb un guardià de la humanitat, el iaio Pep.

Recorde quan el iaio ens parlava de la «cassoleta invisible» i del seu poder de protecció. Els guardians de la humanitat eren protegits per ella de les males energies exteriors, si no fóra per ella, no podrien sobreviure. Era una situació cridanera, donat que els rajos solars que s'aproximaven els dies imparells al lloc on estava el guardià xocaven amb la protecció de la «cassoleta», que formava una mena de cúpula i no els deixava passar a dintre. I per això, els dies imparells al poble feia fred i els dies parells feia calor.

Bé, canviant de tema, la meua germana havia canviat molt el seu caràcter, era una adulta en miniatura, un fenomen del control de tot el seu voltant pròxim i distant.

Prompte anava a complir els tretze anys, però no tenia el nerviosisme propi de l'edat. Ella no esperava la festa d'aniversari amb la il·lusió de recollir una gran quantitat regals.

—Mare, enguany no vull celebrar el meu aniversari amb les amigues i els amics —digué un dia.

—Però, això per què? Estàs enutjada amb algú? —preguntà la mare tan astorada com preocupada.

—No, clar que no, però ja sóc massa major per a celebracions d'aquest tipus.

Els pares pensaven que la seua menuda tenia alguna mania momentània i que, poc a poc, canviaria de pensar. Però jo sabia que la idea de la meua germana era fixa. Efectivament era molt major, amb idees i experiència, per a festes amb ciris.

—Bé, els dos sabem que Núria és diferent, però de vegades em pregunte si és feliç —digué el pare.

Jo els mirava des de la porta de la cuina i escoltava la seua conversa fins que em van veure.

—David, la teua germana està bé? Tu saps per què té aquestes reaccions tan estranyes? Veges si l'engalipes i et conta el motiu d'evitar la festa.

En aquests moments em trobava acorralat per les mirades paternals.

—Sí, supose que està bé. Però des que no està el iaio va un poc perduda i no té massa ganes de res —exclamí enigmàtic.

—Ja... és veritat, els dos s'estimaven molt, però és llei de vida. El dia a dia ens obliga a continuar. A més a més, ja fa molt de temps.

De sobte un soroll de la porta del carrer ens va fer callar els tres a la vegada, Núria entrava a casa.

—Bona vesprada!

—Núria, segur que no vols res pel teu aniversari?

—No —va contestar i ens va dedicar una mirada tendra i un moviment de negació amb les mans. De nou deia que no d'una altra manera.

De vegades la casualitat és una eina de dues cares. A la fira del poble vaig trobar una capsa de fusta tallada molt semblant a la que tenia el iaio. Ja tenia clar que aquest seria el meu regal per a Núria, així ella també tindria un lloc molt especial on guardar la joia. Jo sabia que Núria de tant en tant treia la joia i la contemplava en la soledat.

Aquella nit tan especial, la del seu aniversari, Núria es ficà davall les flassades del seu llit per sentir-se més forta. De vegades la soledat en ella era insuportable. No podia contar-li a cap persona ni qui era, ni quina responsabilitat tenia a la seua esquena excepte a mi, el seu germà, i això la feia sentir-se en algun moment angoixada. El seu caràcter actualment era caut i solitari.

Jo estava en la meua habitació i tampoc no podia dormir, així que vaig optar per fer-li una visita. De puntetes, com si fóra un lladre, caminí en silenci cap a l'habitació de la meua germana. Vaig trucar tres colps a la porta:

—Sí, què vols? —contestà la seua veu perduda pel llit.

—Res d'importància, però... puc passar? —vaig insistir.

La menuda, com l'anomenàvem a casa, estava impressionada per la persistència. Ella no contestà i vaig optar per passar. No la veia, però notava la seua figura davall de les flassades. La seua imatge s'havia esvaït en la realitat d'un llit ple d'angúnia. Finalment em vaig asseure al llit per parlar amb ella.

—Felicitats...

—Estic sola davant la maldat de la gent, no és un

dia massa feliç per a mi. Em fa por créixer —deia condemnada a la foscor per no poder dir tota la veritat, almenys de moment, als seus estimats.

—Això no és veritat, tots estem amb tu. Porte el teu regal. Avui... vulgues o no, és el teu dia.

Va emmudir per la sorpresa. Ella, poc a poc, tragué el cap de dins del seu propi embolic.

—Què és? —preguntà serena.

—Obri'l i ho sabràs.

Quan va trencar el paper i va veure la capsa la seua cara va recobrar el color de la felicitat. Hi havia tants records feliços guardats en la capsa de fusta que flotaven en l'ambient. Ens miràrem als ulls i esclafírem a riure

—Vols que traguem la joia de l'armari? —li preguntí per augmentar l'encant del moment.

Com si haguera tingut una idea meravellosa, féu un gran bot i va eixir disparada cap a l'armari. Entre els dos vam traure la joia, el regal més especial que el iaio li havia donat, a més de la pròpia persona. Estava guardada en un mocador perquè no es fera malbé. Quan Núria va desfer el nus on estava embolicada, la seua llum eterna i misteriosa va omplir tota la cambra.

—És meravellosa —diguérem els dos a la vegada.

—Bé, ara pots guardar-la dins de la teua capsa igual que el iaio. Així sempre estaràs més a prop d'ell.

—Gràcies, m'agrada molt. Tinc molta sort de tenir-te per germà gran.

Jo vaig marxar més relaxat a intentar de nou dormir i ella es quedà contemplant el miracle de la força dels guardians de la humanitat.

Al matí següent tots anàvem acudint al menjador amb el pijama i les sabatilles de casa. Era dissabte i la tradició familiar era desdejunar pausadament per a parlar una llarga estona. Els pares també li havien comprat el seu regal i estava col·locat damunt la taula.

—Bon dia!

—És el teu regal —digué el pare.

Núria començà a obrir-lo tota plena de nervis. Era un vestit de color blau ple de brocats verd oliva. La veritat és que era preciós.

—Gràcies, és preciós. Vaig a ficar-me'l.

Al cap un moment va aparéixer vestida. Tots ens embadalírem de veure-la. Tota ella radiava felicitat.

—Què ha passat aquesta nit que t'ha fet canviar l'actitud? —li preguntà directament la mare.

—El regal de David —contestà sincera.

La meua germana tornà a marxar cap a la seua habitació i al cap d'una estona portà la capsa a les mans.

—Què és?

Núria va obrir la capsa portadora de la joia —els dos ulls rojos—.

—Com has pogut comprar-li una joia tan cara? —va preguntar la mare impressionada pel regal.

Jo vaig començar a riure per la situació, era una forma de camuflar la por d'haver de contar la veritat de la joia.

—No li he comprat la joia sinó la capsa de fusta, la joia fou un regal del iaio Pep.

—Però el iaio fa anys que no està amb nosaltres, com ha pogut regalar-li la joia? —la mirada de la mare era intensa.

—Fa temps clar... un dia mentre el visitàvem per la seua malaltia a sa casa me la va regalar —va explicar Núria.

—Però aquesta joia val molts diners, per què no ens ho vau dir en el seu moment? —parlà el pare un poc enutjat.

En aquell moment els dos intentàrem donar una explicació més o menys coherent perquè els pares no continuaren amb el seu enuig ni amb la seua batalla de preguntes.

—Coses de gent jove, però nosaltres la vam guardar al fons de l'armari de la roba. Ningú podria trobar-la-hi mai, és un lloc poc comú —vaig aclarir.

Missió aconseguida pel moment, encara no volíem explicar que la joia acumulava el poder energètic dels guardians de la humanitat del temps passat.

Al remat, els pares comprengueren que la seua filla era per al iaio més que una xiqueta. Aquestes circumstàncies no van enterbolir l'actitud positiva de la nostra família i la conversa va tornar a tenir el to relaxat del principi. Encara no havíem acabat l'esmorzar quan algú va trucar a la porta del carrer. Era el carter que portava un regal per a Núria.

—Bon dia! El paquet ve certificat.

La mare va signar els papers que portava el carter i li va donar el paquet a la seua filla. La xiqueta amb tranquil·litat començà a trencar el paper. Era una capsa de cartró protegida amb un plàstic de bombolletes plenes d'aire. Quan va acabar d'obrir el paquet trobà dins un diari.

—Què és? —preguntí

—Un diari del iaio Pep —va contestar la meua germana que acabava de llegir la primera pàgina.

Era increïble, alguna persona havia guardat durant tres anys aquell regal fins al dia indicat.

Núria tornà a llegir amb veu alta el que posava:

Benvolguda Núria:

Sé que tot va bé, encara que enyores la meua presència. Per això no podia deixar que afrontares tota sola el teu destí. Ací hi ha escrites algunes històries dels meus somnis, les quals et serviran d'ajuda en el futur. Però...

compte! Obri els ulls! En algun moment pròxim als tretze anys pots tenir un problema greu. Tot es pot complicar, però no t'angoixes, el teu germà és un fornit llibertador de segle dos mil.

Una forta abraçada,

el iaio Pep

—Quina fantasia que tenia el iaio! —va dir la mare.

—El responsable de guardar el diari ha sigut el servei de correus —digué el pare llegint el paper exterior on era la data en què havia sigut depositat.

Núria s'alegrà moltíssim d'haver rebut aquell diari ple d'instruccions i d'ajuda per a continuar la seua tasca de salvar la humanitat.

Durant alguns anys havia crescut serena amb una vida prou comuna a tots, però ara el seu interior li deia que tot anava a ser diferent. Una lucidesa extrema sorgia de nou, la seua ment tenia una clarividència palpable i la seua voluntat semblava invencible.

En canvi, el pares començaren a preocupar-se per les paraules del seu amic major, el iaio Pep: «Però... compte! Obri els ulls! En algun moment pròxim als tretze anys pots tenir un problema greu».

—No sé què amagueu tots tres, inclòs el iaio, però espere que tu, David, tingues la valentia de tenir cura de la teua germana —asseverà la mare un poc dolguda perquè no sabia què significava tot allò que estava passant—. Però, de moment, deixem-ho passar. No vull forçar situacions estranyes a casa.

—Quan vulgueu ja ens contareu la veritat de tot açò —va dir el pare.

Cadascú de nosaltres començà a fer la seua feina sense donar més importància al succés.

Els dies passaven sense massa canvis. Nosaltres dos llegíem per les nits el diari del iaio amb gran il·lusió, allí estaven detallats alguns dels seus somnis d'adolescent. No estava relatada la seua vida sinó el seu control de la ment. Algunes explicacions ja ens les havia transmeses quan era viu, com explicar a Núria com viatjar al temps passat i al temps futur.

Una nit en què estàvem fent un treball de llenguatge per a l'escola en l'ordinador, de sobte el document va desaparéixer i la pantalla restà blanca. Nosaltres intentàrem recuperar la feina, però l'aparell no ens deixava, no responia a cap ordre. Decidírem apagar-lo i engegar-lo de nou.

Una vegada obert un document nou eixiren en ell unes paraules escrites. Les paraules eren les següents: Güntz, Mindel, Riss i Würm.

L'ordinador no ens deixava esborrar-les i, per això, decidírem imprimir-les i guardar el document.

—Què poden significar aquestes paraules? —em va preguntar la Núria.

—No ho sé. Tal vegada passa alguna cosa roïna.

—Em té intrigada. L'aparell fa coses estranyes.

—De vegades la informàtica té problemes en el seu llenguatge binari.

—Igual comença a ocórrer l'advertència del iaio —va dir Núria.

—Bé, igual és això, el diari del iaio ens ajudarà a comprendre alguna d'aquestes paraules.

Alguna cosa grossa s'arrossegava sense dubtar-ho pel nostre voltant. Les paraules escrites al paper ballaven per la nostra ment. Rellegírem algunes pàgines del diari, però res, allí no trobàvem la solució al dilema.

—Bé, buscarem informació al respecte en l'escola. Et pareix bé?

—Sí, algun mestre potser sàpia el seu significat.

Al dia següent, i cadascú a la seua classe, intentà esbrinar el significat de les paraules.

—Maria, saps què vol dir Güntz, Mindel, Riss i Würm? —preguntà Núria a la seua tutora.

—Doncs... em sonen, però no sé en aquests moments què signifiquen aquests mots.

Núria no va tenir massa sort amb els seus mestres de cinqué, en canvi jo sí. Quan vaig fer la mateixa pregunta al mestre d'història, immediatament em va contestar:

—Són el nom de les glaciacions per les quals ha passat la Terra des de l'aparició de l'home al paleolític.

—Però, què poden significar en la vida de la meua germ...? —no em vaig atrevir a finalitzar la pregunta.

—Què dius?

—Res, vaig trobar una revista informativa amb una sopa de lletres feta on estaven escrites aquestes paraules. Em van intrigar. Això és tot.

—M'alegra molt la teua preocupació pel saber —em va dir—. Us explicaré alguna cosa més al voltant del tema. El paleolític es divideix en subperíodes: paleolític inferior, paleolític mitjà i paleolític superior.

—Estem parlant d'una època molt llunyana en el temps, no? —preguntà el meu amic Pere, que sempre estava en altres òrbites.

—I tant, l'aparició de l'home a la península ibèrica va tenir lloc fa uns 600.000 anys quan començà el paleolític. És al paleolític inferior on es produeixen les tres primeres glaciacions —Güntz, Mindel i Riss— i els dos períodes interglaciars, on apareix l' homo erectus.

—El coneixement de l'època és per a mi precari —vaig contestar.

—Bé si continueu amb els estudis també aprendreu més coses del passat. El paleolític mitjà correspon al tercer període interglaciar on apareix l'homo sapiens, que ja coneixia el foc.

—Aleshores aquestes paraules són èpoques llargues de molt de fred?

—Molt llargues i amb molt de fred, així és —asseverà el mestre.

I continuà parlant.

—Al paleolític superior té lloc la quarta glaciació, Würm, on apareix l'homo sapiens sapiens.

—És molt interessant el que contes, podries recomanar-me algun llibre per ampliar més la informació?

—Millor encara, després véns amb mi a la biblioteca i et marque alguns llibres interessants per a continuar-ne l'estudi.

Així quedà finalitzada la conversa. Mentrestant, jo donava voltes a les noves idees al meu cap per trobar alguna explicació coherent a l'aparició de les paraules a l'ordinador.

A mi em deia el cor que tot allò seria un missatge enregistrat per a Núria i, a la vegada, perillós.

2

UN SOMNI DE LA PREHISTÒRIA

Vaig arribar a casa més tard que la majoria dels dies perquè havia de recollir de la biblioteca alguns llibres de préstec per informar-me'n un poc més.

Núria ja havia berenat quan aplegui.

—Bona vesprada! Ja sé el significat de Güntz, Mindel, Riss i Würm —li vaig dir sense més preàmbuls.

—Menys mal! Els meus mestres no sabien res de les paraules estranyes. En canvi tu te n'has assabentat ben bé. Explica't.

Amb veu relaxada vaig anar explicant-li tot allò que Andrés ens havia contat en la classe d'història.

Núria, asseguda a terra, estava amb la cara encantada escoltant-me fins que va recordar alguna cosa.

—Al diari hi ha escrit un somni que deu ser d'aquella època.

Encara no havia acabat de parlar que marxà corrents a buscar el llibre. Després començà a llegir amb veu forta:

«Somni del dia...» però no ficava el dia.

Bon dia diari!

Estic tot mullat. Aquesta nit he somiat amb una situació molt llunyana en el temps: jo era un gran guerrer ple de pèls per tot el cos —semblava un mico—. Era amagat darrere d'un gran arbre disposat a realitzar un moviment ràpid per caçar algun animal xicotet. El temps passava... el vent inquietant, fred i intens tallava la meua cara. De sobte un soroll estrident va trencar el ritme de l'aire. Davant meu era l'animal més lleig que mai no havia vist. Ell també em va veure i es quedà tot esbalaït i tremolós perquè tenia la mateixa por que jo.

Entre les mans tenia la meua defensa corporal, una eina rudimentària.

L'havia feta, feia uns dies amb un gran pal llarg i una punta d'os ben afilada, semblava una fletxa actual.

Podia atacar l'animalot, però vaig observar que ja estava ferit per altra eina. Així que, a pesar de ser més vulnerable que mai vaig decidir ajudar-lo.

—No t'esglaies. No et faré cap mal —li diguí amb veu dolça per no espantar-lo.

Quan m'aproximí a l'animal m'adoní que tenia tot el pèl del cos eriçat, però no va fer cap moviment. Supose que va intuir que l'ajudaria. Vaig traure el trosset d'eina que tenia dins d'una pota i després vaig rentar la ferida amb aigua.

«Avui aniré a la cova sense res a les mans», vaig pensar apesarat. I això vaig fer...

Quan passava pel penya-segat més alt de l'entorn vaig escoltar uns crits esgarrifadors, estridents... que punxaven l'ànima. El cor em quedà ajupit. «Qui pot ser?», pensí. Ple d'intriga i amb molt de compte vaig començar a caminar cap a la cova d'on venien.

Caminava de puntetes per una terra plena de pedres soltes i molt relliscosa.

Per fi vaig veure una llum difusa i un grup d'homes i dones al seu voltant. Tenien agafada una xicota molt jove —no deuria tenir més de dotze o tretze anys—. La col·locaren damunt d'una pedra plana ja plena de sang.

En aquell moment vaig comprendre que estava observant un ritual de purificació on se sacrificaven persones de curta edat.

Aquella era una situació sinistra i no sabia què devia fer. Feia un moment havia salvat la vida d'un animal i ara dubtava sobre la vida d'aquella xiqueta. Tot jo era un grapat de nervis perquè si hi intervenia no solucionaria el fet, doncs ells eren més que jo.

Encara no havia acabat de pensar què podia fer quan un home musculós agafà un ganivet de pedra i tallà el coll de la xica.

No podia suportar aquella visió del ritual, sentia dolor per tot el cos. Però estava tan glaçat de por i de fred que no podia moure cap múscul.

A un costat d'una paret de la cova hi havia uns homes tallant una pedra que tenia la forma d'una dona. El temps passava i el ritual continuà amb la mort de dos xiques més. Al final de tot aquell desgavell el grup d'homes també tenia tallada la figura humana de la pedra.

Els quatre homes agafaren la figura i l'enlairaren al cel mentre cantaven el que semblava una cançó purificadora, doncs acaronaven a la vegada el seu cos.

Els meus pensaments barbotejaven dins meu, enfurismats per la meua rigidesa corporal. Tenia el pit oprimit fins que un colp de tos trencà el silenci del moment màgic per a aquelles persones. Aquell soroll va espantar els quatre homes que, sense adonar-se'n, deixaren caure de sobte la figura de la dona a terra. Amb un colp sec es va trencar en quatre peces. Els seus amos escridassaven:

—Venus, Venus... amb les cares blanques com la neu.

Enmig d'un guirigall exorbitant jo havia de reaccionar i, ràpidament, entre relliscada i relliscada... vaig eixir de nou a l'exterior per amagar-me'n.

—Ací acaba el relat del somni—digué Núria.

—Sí, però... jo encara no entenc què vol dir-nos el iaio amb tot açò. Aquest somni és molt cruel. Per què el iaio no va poder reaccionar a temps?

Haurem de buscar informació sobre la figura de Venus.

—Val, passa'm un llibre dels que has portat.

La meua germana i jo començàrem a buscar informació de l'època que ens ajudara a aclarir l'actitud de l'ordinador i el somni del iaio.

Al cap d'una estona els dos preníem notes per tal de no oblidar-nos-en res d'interessant. Dues hores d'estudi intens i els llibres ja estaven llegits i les notes preses. Quina faenada...

—Què has trobat? —vaig preguntar a Núria.

—Doncs que les característiques dels homes prehistòrics eren: portar una vida nòmada i una economia depredadora pròxima a la natura; poc a poc els homes evolucionen lentament i, fins i tot, tallen pedres per fer-les eines o figures representatives de moments importants per a ells.

—Com la Venus —vaig rematar jo.

—Sí. Tallaven artefactes de pedra sense polir. Els llibres també parlen molt de la «Cova d'Altamira», també anomenada capella sixtina de l'art paleolític, on estan dibuixades cabres, porcs seglars, cavalls i bisons.

—I tu, què has tret en clar de la teua lectura? —digué Núria.

—He fet un resum dels animals, del lloc de refugi i de la Venus, que són els tres elements que tenim en el somni. He esbrinat que al paleolític inferior caçaven elefants i la casa era a prop de l'aigua, de vegades feta en illots construïts amb terra i fusta; al paleolític mitjà caçaven el cérvol i l'ós de les cavernes; i al paleolític superior, per assegurar-se'n la supervivència, feien rituals màgics per a obtenir menjar i altres necessitats. També realitzaven celebracions per a la fecunditat representada en la «Venus» del paleolític.

—Aleshores, el somni es desenvolupa en el paleolític superior? —va preguntar la menuda.

—Sí, però... encara no tinc clar res. Tot són idees tèrboles.

La nit no va ser massa serena, doncs les condemnades a mort eren al meu somni.

Núria també dormia bellugant-se nerviosa i inconscient. Tampoc podia fer res i, de tant en tant, feia un xiscle tímid a la nit.

A la fi arribà el dissabte i teníem tot el cap de setmana per reparar l'ordinador. Però nosaltres dos no sabíem prou d'informàtica com per poder solucionar el greu problema de l'aparell.

—Vols que cride el meu amic Pere? Ell sap molt d'ordinadors. Fins i tot està estudiant programes informàtics.

—Però no podem contar-li a cap persona que sóc la guardiana de la humanitat.

—Doncs no li ho contarem, tranquil·la.

Finalment, vaig telefonar el meu amic.

Pere tenia setze anys i un semblant alt i flac, la característica més cridanera a part de la seua intel·ligència.

—Ring, ring, ring...

El timbre de la porta sonà, Pere era ja a casa.

—Hola, amic! —ens vam fer una abraçada de xicots.

—Què passa amb el teu ordinador? —digué directe a l'acció.

Així era ell, tot impetuositat. Per això li agradava molt anar al col·legi, el lloc on els adults parlen de coses sempre interessants.

Pere era un jove perfecte per als ulls de tots els adults, però no ho era per als joves de la mateixa edat, excepte per a mi, perquè semblava avorrit. Així que tenia pocs amics. Els únics amics érem Andrés el professor d'història, jo i l'ordinador de sa casa.

—Bé, anem a fer una ullada al teu ordinador.

Engegà l'aparell i començà a obrir i tancar programes, però l'ordinador no tenia massa ganes d'obeir a ningú. Al remat sempre apareixien les quatres paraules escrites a la seua pantalla.

—És estrany! Molt estrany! —digué Pere.

—Ara és el teu moment —li vaig dir.

—Si voleu podeu fer altres coses, jo em quede ací treballant tranquil.

Així que, davant del seu prec, la meua germana i jo començàrem els deures escolars a l'habitació paral·lela per no molestar-lo. El temps va passar... i al final del matí la seua veu va ressonar forta:

—David, vine per favor!

El dos botàrem ràpidament de la cadira deixant caure a terra els deures i marxàrem on era Pere.

—Què ocorre? Ens has espantant! —va dir Núria.

—Mireu!

Amb un dit assenyalà la pantalla de l'ordinador on estava escrita aquesta frase: «Submergeix-te en l'arena calenta i trobaràs la solució».

—Què és això? Com podem submergir-nos en l'arena? —preguntí.

Núria es quedà esbalaïda, la seua intuïció li deia que començava el perill.

—Encara que semble estrany aquesta frase és la clau d'una porta d'entrada per internet cap a algun lloc.

—Una porta cap a algun lloc... que no sabem on ens porta. Ens està convidant a entrar dins. Què fem? —va dir Pere, que era molt escodrinyador, i per tant li interessava aquella proposta rara que venia de l'aparell.

—No hi haurà algun perill? —preguntà Núria.

Una gran rialla va sorgir de Pere, doncs ell no sabia de la missa la meitat. Estava tranquil. Per això no es va detenir ni un moment a prendre la decisió de continuar amb el joc que li proposava l'ordinador.

—No ens queda altra solució, ara la pedra està en l'altre costat —va dir la menuda tan forta com sempre.

Poc a poc recobrava les forces i l'ànim.

El document obert començava així: «Fa milions d'anys existia... completa i sobreviu».

—Res més? —va dir Pere un poc enutjat.

Les nostres cares eren tot un poema, tant d'esforç per a no aplegar a tenir una solució clara a les mans. Cadascú de nosaltres engolia les pròpies fantasies.

—Ah! —va cridar Pere de nou quan l'ordinador es va apagar amb un gran soroll sense saber per què, com si alguna força més poderosa que el llum elèctric haguera actuat prop de nosaltres.

Al mateix moment acudia corrents ma mare, el crit de Pere havia arribat intens a la cuina on ella era fent el dinar. Feia cara de pocs amics.

—David! Per la mort de Déu! Em mataràs d'un sobresalt, què ha passat?

—Res, mare, res... l'ordinador sembla estar espatllat —contestà Núria serena.

—Des que teniu l'aparell infernal sempre esteu igual. No ho entenc, sempre cara l'ordinador.

La mare li deia l'aparell infernal perquè, segons ella, ens privava de conéixer la gent i les coses interessants del carrer. Per això a casa solament podem utilitzar-lo com una eina de treball, però no de jocs.

—És una tasca escolar. Pots estar tranquil·la.

—D'acord, treballeu, però no feu crits, per favor —ens digué i després marxà a la seua feina.

Passat el moment de tensió, Pere buscava de nou la pàgina d'abans. Estava realment capficat en la seua tasca quan, de sobte, es va quedar glaçat en veure escrites més paraules en el mateix document on abans no hi eren. Nosaltres no les havíem escrites, aleshores algú ho feia des d'altre lloc.

—Renou, quines coses! —va continuar llegint:

«L'antiga...» —un espai en blanc— després continuava així: «...estarà protegida per...» —un nou espai en blanc— i res més.

—Quina cosa més estranya, no puc modificar el document.

Finalment decidírem imprimir la pàgina en la nova impressora, qui sap... per a què?

—No puc fer res més, açò és cosa de bruixes o el programa està espatllat —deia enutjat.

—No et preocupes i gràcies per tot, ets un bon amic.

Els dos ens acomiadàrem de Pere i ell marxà cap a sa casa un poc preocupat i estranyat pel comportament de la màquina.

—Núria, què farem ara? Comence a tenir un poc de por.

A mi no em feia cap vergonya parlar de les meues pors a la meua germana menuda, el seu potencial energètic era tan elevat que sempre em relaxava.

—He de confessar-te que jo també comence a estar neguitosa. Però tinc l'esperança que tot acabe bé.

Per un moment vaig tenir el pressentiment que anava a fer a bocins el paper, però no, ella el va guardar...

El cap de setmana va continuar més o menys com sempre. Però la nit del diumenge Núria dormia amb un desassossec important, com quan era xicoteta i tenia por a dormir. Ella tenia entre les seues mans el paper imprés per Pere quan, de sobte, se va despertar mullada i sobresaltada.

—David, David... adreça't!

Jo no sentia res. Però tant va insistir que, a la mitjanit, el so de la seua veu, infinitament llunyana, em va despertar. La menuda ja havia agafat el paper i venia a la meua habitació.

—David, David... puc passar? Tenim un problema.

Respirava rítmicament i espasmòdica de córrer pel passadís.

—Passa... què ocorre?

Núria asseguda ja al meu llit desdoblegava el paper. La meua sorpresa fou veure-hi escrites més paraules. Començà a llegir:

«L'antiga piràmide estarà protegida per la guardiana de la humanitat. Durant temps lliurarà la seua tasca amb l'única preocupació de protegir l'espècie humana. Però passat el temps lluitarà contra Güntz, Mindel, Riss i Würm per protegir-se ella...»

—Ja no diu res més?

—No. Però, qui ha escrit aquestes paraules i des d'on? Jo tenia el paper entre les mans mentre dormia —em contestà Núria realment preocupada.

—Serenitat. Anem a repassar tot el que sabem. Els quatre noms són les glaciacions del paleolític. També sabem que en un ritual crearen Venus, la figura de pedra, i que sacrificaven gent jove.

—Què més sabem? —preguntà Núria, doncs alguna cosa se li escapava i ho intuïa.

—Que la Venus va caure a terra en el somni del iaio i es va trencar en quatre trossos. Quatre paraules, quatre trossos de pedra.

—Vols dir que hi ha una relació?

—Sí, però ara no podem fer res més.

Així que intentàrem continuar descansant. Això era un dir, doncs totes les pistes rodaven pels nostres caps.

De bon de matí, abans que els pares s'alçaren del llit, els dos germans ja hi érem desdejunant.

—Què podem fer? —vaig dir.

—Buscar més informació. He somiat que, poc a poc, el paper anirà donant-nos més pistes. Obté les paraules d'alguna font energètica encara desconeguda per a mi.

—Anem a la biblioteca comarcal, té molts documents i llibres antics. Qui sap, tal vegada allí trobem més coses del passat.

El pare ens portà al lloc amb el cotxe i després marxà a comprar pintures per a treballar.

—Quedem a la plaça major a les set, d'acord?

Jo mai havia entrat a una sala tan plena de llibres nous i vells. Per la cara que feia Núria ella semblava que tampoc hi havia entrat mai en cap lloc semblant. Les prestatgeries eren enormes i altíssimes. Tots els llibres estaven ben classificats i a la part dreta estaven col·locats els manuscrits vells. Alguns d'aquests papers estaven protegits amb fulls de plàstic perquè les mans de la gent no els feren malbé.

Durant dues hores els bibliotecaris buscaren tota la informació que nosaltres volíem. Però no hi apareixia res que tinguera un fonament especial.

Núria ja havia perdut l'esperança quan, en aclucar un poc els ulls, quedà pensativa... Una imatge clara aparegué al seu cap, ella caminava cap a un armari tancat; després d'obrir-lo hi treia un llibre roig mig podrit del qual queia un manuscrit mig rosegat per les arnes del paper. La menuda era tot autocontrol. No s'ho pensà dues vegades i demanà a un bibliotecari si podia obrir aquell armari que era davant d'ella.

—Podem observar els llibres de dins d'aquell armari? —preguntà assenyalant-lo amb el dit.

—Doncs... no. Cap persona que treballa ací sap on són les claus de l'únic l'armari de paret.

En tota aquella enorme biblioteca tots els armaris eren de fusta, excepte u. Era l'únic que no es podia moure perquè formava part de les parets.

Núria, molt relaxada, caminà cap a una cadira sense respatller i una vegada asseguda tornà a aclucar els ulls. El temps passà...

Jo esperava que la menuda no flaquejara en el seu esforç; tenia davant molta gent observant-la per primera vegada.

Quan va retornar a la realitat davall la mirada de tothom es trobava cansada i un poc blanca, però volia assaborir prompte la seua victòria sobre l'ànima del passat.

—Les claus són sota un taulell negre que està amagat davall un seient redó de fusta negra.

Totes les persones que érem allí ens miràrem molt estranyats en escoltar les seues paraules. No compreníem que Núria acabava de viatjar al passat al mateix moment en què algú havia guardat les claus de l'armari.

—Però... qui ets tu? —preguntà un vigilant.

—Això no importa, ací teniu un seient de fusta negra? —vaig tallar la conversa amb una veu molt dura perquè cap persona insistira en el fet de l'endevinació de la menuda.

Com era una xiqueta amb una cara tan dolça i tan educada les persones del voltant no insistiren a preguntar més per la seua habilitat, per estranya que fóra.

—Sí, al rebedor —contestaren algunes persones que coneixien la biblioteca com el palmell de la seua mà.

Aquell grup de gent estava molt intrigat pel que anara a passar.

Com si fos un ritual, la gent caminà cap al rebedor i allí estava el seient.

Núria va col·locar la mà darrere del respatller i pressionà una mena de botó, al moment el seient es mogué cap a la dreta i deixà a la vista un taulell negre.

—Quin goig!

Tots hi feien festa, encara que no sabien ben bé què havia succeït davant seu.

Però, tal i com passava el temps augmentava la capacitat de reacció i també les cares de les persones començaven a canviar de color —ara eren plenes d'estupefacció—.

Tots començaren a murmurar en veu baixeta el que estaven observant aquella especial vesprada.

—Una vegada jo vaig veure un xiquet fer el mateix —deia u.

Núria anava a la seua, només pensava a obrir aquell armari. Desplaçà el taulell i al moment aparegueren unes claus rovellades unides a un clauer en forma d'ulls.

—Núria, són uns ulls! —la meua veu tremolava. Era com la joia.

—Ja. Tranquil, ara obrirem les portes.

Tota la comitiva de gent caminà cap a l'armari de paret.

Núria col·locà una clau dins del pany i al primer moviment les portes s'obriren de bat a bat. Una olor forta d'humitat i tancament va omplir tota la sala, era l'olor característica de paper mullat i florit. L'armari estava replet de llibres vells, però Núria buscava un llibre roig mig podrit. La seua mirada recorria cada racó de l'armari fins que el va detectar.

—Puc agafar-lo? —digué mirant al cap dels bibliotecaris mentre assenyalava el llibre amb un dit.

—De moment sí, és el teu premi perquè tu l'has trobat avui. Però després no, perquè cal classificar-lo i, a més a més, és una joia cultural. Ara caldrà fer-hi un estudi important d'aquest descobriment. Aquests llibres tenen molt de temps.

La resposta semblà agradar la meua germana que amb molt de compte va agafar el llibre entre les seus suaus mans, semblava que portava un nadó. Els seus moviments eren lents, féu una ullada al llibre i, finalment, va fer un somriure.

—Gràcies heu sigut de molta ajuda —va dir a tots els presents.

—Podríeu facilitar-nos les vostres dades? Açò que ha passat avui ací no té una explicació coherent i, possiblement algú ens pregunte coses al voltant del tema.

—És clar, ara passaré jo pel taulell i deixaré el nostre telèfon i l'adreça —vaig dir davall la mirada dura de Núria.

Les meues paraules crearen en Núria un gran estupor.

Mentre un vigilant m'acompanyava al taulell, la meua germana continuava mirant el llibre. En un moment de distracció de la gent que l'envoltava es va amagar a la bossa un paper groc. Després deixà al seu lloc el llibre roig que tenia entre mans. Ens acomiadàrem de tots i marxàrem cap a la plaça on estava esperant-nos el pare.

—Per què has deixat el nostre telèfon? —preguntà enutjada.

—No t'has d'amoïnar. No pensaràs que he escrit la nostra adreça correctament per a què ens localitzen i ens facen preguntes que no podem contestar?

—Doncs jo pensava que t'havies tornat boig. Estaves tan seré. Ets un bon actor —va dir mentre somreia fortament.

—Doncs sí, cap informació escrita és bona. Però i tu... què has agafat de dins del llibre?

—Que m'has vist?

—Sí, però tranquil·la cap persona més ho ha fet.

Poc a poc venia... l'aventura.

3

UN MANUSCRIT DE L'ESPANYA VISIGODA

Després de sopar amb els nostres pares ens n'anàrem a la nostra habitació a fer els deures —això és un dir—, el que en realitat volíem era llegir el que posava el paper. Núria va buscar uns plàstics transparents per col·locar dins el document, tenia por que per la seua vellesa es trencara a trossos.

Però quina va ser la nostra sorpresa quan, en desdoblegar el paper, les lletres allí escrites eren d'un idioma estrany. A més a més, li faltava un tros del final.

—Jo no sé llegir açò! —vaig dir.

—Haurem de continuar esbrinant-ne el significat amb l'ajuda d'algun filòleg entés en llengües antigues.

—Haurem d'utilitzar de nou l'ajuda del mestre d'història. Demà al matí faré una fotocòpia del pergamí i li la donaré.

—També hauràs d'inventar-te alguna història creïble per explicar d'on has tret la fotocòpia.

—És clar... bé així ho faré.

El mestre observava el document mentre deia:

—Jo tampoc sé llegir açò, però el meu amic d'estudis Manel, expert en llengües antigues, sí que sabrà. A la vesprada si voleu podem anar a visitar-lo. Ara bé, us advertisc que és una mica maniàtic i estrafolari. Es passa la vida amb llibres antiquíssims entre les mans.

La veritat és que el mestre d'història s'havia quedat curt en la descripció del seu amic; semblava un extraterrestre: pèl blanc, ulls fondos, flac i amb una veu de xica malalta, aguda i molt estrident.

Andrés ens va presentar i després se n'anà.

Manel després d'observar la fotocòpia detingudament ens va dir:

—És interessant, molt interessant, però d'on heu tret aquesta joia històrica?

Nosaltres li contàrem el mateix que feia uns dies havia explicat al meu mestre, però no s'ho va creure.

—Vinga! Penseu que m'he caigut d'una parra?

Estava clar que era una persona massa entesa en la matèria per a creure's aquesta fantàstica historieta.

—Tens raó, però cal que aportem aquest aclariment o això de moment li és indiferent? —vaig dir.

—Fem un tracte: jo estudie les paraules escrites al manuscrit i quan comence a tenir una certa comprensió per a vosaltres, em conteu la veritat d'on hi era. D'acord?

La meua germana i jo ens miràrem... no hi havia altra solució i per això acceptàrem el tracte. Li deixàrem la fotocòpia i el nostre telèfon per a estar en contacte. Més tard agafàrem l'autobús i ens n'anàrem cap a casa.

Als tres dies ens va trucar Manel:

—Hola! Sóc Manel, podeu venir a casa aquesta vesprada? —ens preguntà.

—És clar, allí estarem a les sis.

La casa de Manel era plena de pols, però no era d'estranyar, ja que tenia tants llibres amuntegats per tots els racons que quasi era impossible tenir-los ben nets i ordenats.

—Bé, què has esbrinat? —vaig preguntar-li.

Manel ens va explicar que el manuscrit estava escrit en un dialecte dels bàrbars.

—Bàrbars, qui són els bàrbars? —preguntà Núria intrigada.

—Els bàrbars entraren a Espanya amb la desintegració del poble romà. En aquell moment els llauradors es trobaven en rebel·lia contra els romans i dedicats a les revoltes per tot arreu. La situació a la península durant els segles V i VI era molt complicada. Els invasors, que a l'any 409, penetraven en grups eren anomenats «vàndals i alans» i es dedicaven a saquejar el país dia rere dia.

—Però, quin significat té açò amb les quatre paraules que ja tenim? —va preguntar Núria.

—Quines quatre paraules? —li preguntà Manel— Amagueu alguna cosa més... parelleta? —La seua veu era poderosa, per un moment em va semblar la del iaio Pep.

—Doncs no —vaig dir neguitós.

—Doncs sí —va dir la Núria, forta com un diamant capaç de tallar-ho tot. Ella havia intuït que Manel ens seria de gran ajuda si li contàvem tot el que havia ocorregut amb l'ordinador. Però... encara no havia acabat de parlar quan Manel la va interrompre i va dir:

—Güntz, Mindel, Riss i Würm, aqueixes són les quatre paraules, no?

El silenci de l'habitació era estrident. Un silenci estrident és difícil de suportar. Les paraules remarcades en els nostres caps colpejaven una i mil vegades.

—Aqueixes paraules apareixen al document, així de simple. Eren quatre esclaus amb grans poders de la ment. L'esclavitud es debilità en aquell temps a conseqüència de la influència del cristianisme.

Després d'escoltar Manel li vaig relatar amb pèls i detalls tot el que ens havia passat amb l'ordinador de casa i què significaven les paraules.

Manel, ara amb més confiança, començà de nou a explicar part de la història per a què, poc a poc, el trencaclosques fóra complet.

—L'any 411 s'assentaren els visigodes procedents de la Gàlia a la península i, a partir d'aquell moment, augmentà ràpidament el seu poder. Fins que, l'any 475, Eurico, monarca visigot, nomenà quatre ministres a les zones més problemàtiques, els quals tenien un gran poder de control sobre la gent.

—Quatre ministres que abans havien sigut esclaus d'ell? —digué Núria.

—Sí, així fou. Però com pots saber tu això?

—La meua germana és una mina de sorpreses, ja aniràs descobrint poc a poc el seu poder d'endevinació.

—Per què aquestes persones tenien el mateix nom que el de les quatre glaciacions del paleolític? —es preguntà Manel en veu alta i mirant Núria.

Nosaltres dos no sabíem tampoc la contestació.

—El temps ho clarificarà, però per favor acaba de contar tot el que saps —li va dir a mena de súplica la menuda.

—Les invasions eren assentaments dels pobles germànics a la península? —preguntí per aclarir-me el moment històric o tal vegada per dir alguna cosa que semblés interessant.

—Sí, fins i tot tan importants en quantitat de gent que al final provoquen la pèrdua del control romà en la zona. El document també parla d'una Venus.

—La Venus és una figura de dona que fou creada en un ritual al paleolític. Una persona molt estimada ens va descriure un somni on va veure la seua creació i per accident va ser trencada en quatre trossos.

—Un somni! —exclamà estranyat, però no va dir res més.

—Tal vegada aquests trossos tenen el poder de fer poderoses les ments que els tenen —diguí.

—Aquests quatres trossos recollits possiblement per quatre esclaus els donaven una gran força mental, és per això que prompte passaren a ser persones poderoses; ministres del control de les zones de pas... ministres del poder —va deduir Núria.

—Per què? No entenc res! —Manel anava un poc perdut en les nostres conclusions.

—Relaxa't, ara ho comprendràs. Què més diu el manuscrit?

Manel ens relatà, amb un paper ple d'esborranys, alguna cosa més: «Al poble de Satondea està l'església dels llibertadors. L'assemblea amb el mateix nom fou fundada l'any 700, quan l'estat era visigot. Aquella època estava dominada per la lluita del poder per la noblesa».

—Tal vegada a l'església trobem alguna pista més —diguí.

La resta del manuscrit era impossible de llegir, doncs el paper tenia esborrades les lletres pel pas del temps. A més a més, el final del paper estava trencat, falta un tros important per completar-lo.

—Potser el tros que falta del manuscrit es trobe al poble de Satondea —digué Núria totalment segura.

I es féu un nou silenci per ubicar totes les idees amb serenitat i correcció...

—Ara heu de contar-me on heu trobat aquest document. Era el tracte, recordeu?

Nosaltres també érem persones de paraula. Després de fer-li prometre que no diria res a ningú, li contàrem tot el que havia ocorregut a la biblioteca de la mancomunitat. Però encara no ens atrevírem a contar-li que Núria era la guardiana de la humanitat.

—Pots viatjar al passat i al futur amb la ment? —preguntà incrèdul.

—Sí, però cap persona més sap que tinc aquest poder. Escolta, en la biblioteca no saben que vaig agafar el document. Jo et promet que el retornaré al seu lloc, si tu no dius encara res d'ell —digué Núria.

—Té un gran valor històric i econòmic, ho saps?

—Tranquil, està protegit i guardat a un lloc on l'energia és tan poderosa que cap persona d'aquest món podrà apropar-se a ell.

—Energia, viatjar al passat i al futur... sou una mina d'or i de misteri.

Les paraules de la meua germana havien fet el seu efecte i Manel confià en ella, qui sap per què? Nosaltres dos havíem trobat un amic adult, i amb uns estudis importants, en qui confiar.

—Investigaràs més amb els llibres de l'armari?

—Sí, és molt interessant. A més a més, sóc una persona amb molt de pes en aquest món de les llengües antigues i puc accedir al lloc durant tot el temps que necessite.

—Nosaltres procurarem anar a veure l'església. El que no sé és com farem per anar a un poble tan llunyà del nostre.

—Ja pensarem alguna coseta.

Sense res més a dir-nos, marxàrem cap a casa parlant del viatge al poble.

—El meu mestre d'història també podria ajudar-nos, ell també està interessat en el manuscrit, a més coneix Manel —diguí aportant una possible solució.

Andrés era una persona d'uns quaranta anys, molt actiu en els tasques escolars. Era agradable parlar amb ell de qualsevol tema, perquè sempre deia la seua opinió i respectava les diferents, encara que foren del seu alumnat. La inquietud d'Andrés el feia estar pendent de cada alumne en les seues necessitats. Així que, de tot el professorat, era l' únic que ens podia ajudar sense fer massa preguntes.

Dilluns quedàrem amb Andrés per explicar-li la informació detallada del manuscrit i la necessitat d'anar d'excursió per veure l'església on podia estar el tros que li faltava. El mestre, intrigat per la importància que el seu amic li havia donat a tota la història que portàvem entre mans, començà a preguntar.

—Què és el que està passant en la vostra vida?

—Res... per què hauria de passar qualsevol cosa?

—Fa un dies em preguntares pel significat de quatre paraules i ara apareixes amb la idea de viatjar en cerca d'un tros paper molt antic.

—No podem contar-te res més, però en el moment en què la nostra vida estiga en perill et farem partícip del nostre embolic —va dir Núria.

—Perill! Conteu-me la veritat.

—No pot ser, hauràs de confiar en mi. La vida de la meua germana té un gran valor per a la humanitat i no vull que li passe res —vaig dir.

—Confie, clar que confie, sempre m'has demostrat ser una persona molt sensata.

Andrés sempre confiava en la meua actitud adulta perquè durant tota la meua educació li havia demostrat ser un adult sense majoria d'edat.

—Aquest poble es troba molt lluny —asseverà—.

Per això valdrà molts diners que un grup de gent vaja allí, aquest és el principal problema.

—Per què un grup de gent?

—Doncs per convéncer a tots els majors, pares, companys i direcció que és un viatge d'estudis o d'esplai. Si marxem un grup de gent amb algunes explicacions coherents, arribarem allí.

Al cap d'un moment la seua cara radiava felicitat.

—Andrés vols explicar-nos en què penses?

—Tinc una sorpresa, però no la diré fins que tinga el permís apropiat de la direcció. Pense que ja tenim la solució.

Núria i jo ens vam quedar un poc disgustats per la poca explicació que ens donà, però sabíem que Andrés era un mestre molt legal.

Tres setmanes després ens deia:

—El mestre d'Educació Física ha apuntat l'escola a un concurs de vela que fa anys intenta realitzar i jo vaig de company d'ajuda, per vigilar. El concurs permet anar amb alumnes de diverses edats. Nosaltres dos decidirem els participants que ens acompanyen en aquesta representació.

—Ja està! Així de fàcil?

—No tan fàcil, els pares hauran d'afrontar les despeses del viatge.

—Bé, no passa res, els dos tenim diners estalviats des de fa temps.

Així doncs un grup d'alumnes de secundària i primària s'assabentaren que anaven d'excursió al poble de Satondea per uns dies a participar en una competició de vela.

El poblet es trobava envoltat per la mar i cada quatre anys l'ajuntament convocava aquest concurs per a la joventut que practicava aquest esport.

El grup no era molt nombrós. Pere també va vindre amb nosaltres, ja que en algun moment ens podria ser de gran ajuda. Nosaltres li férem un préstec xicotet per a què sa mare no protestara.

Núria estava molt nerviosa. Pensàvem que era per l'excursió, però no era així; al final m'ho va explicar:

—David, com explicarem l'efecte cassoleta al poble on anem? —va dir.

—Tens raó, al lloc on anem no tenen cap explicació científica per a un canvi de temps tan radical. Però, per què hem de donar cap explicació? Allí no saben que el fenomen és degut a tu. Ningú no sap que és la teua protecció.

—Aleshores, ens farem els babaus quan isca el tema de l'oratge, total són catorze dies, set de calor i set de fred.

—Doncs sí, ens farem els babaus.

4

LA FLAMA DE LA VIDA

Tot restava enllestit per a anar-nos-en. Per a tots eren unes vacances imminents. Érem una colla de gent neguitosa. La meua germana i jo anàvem molt carregats de roba ja que portàvem roba d'estiu i roba d'hivern degut al canvi climàtic que provocaria la cassoleta.

—Núria, ara ja estem bastant lluny de casa, vols que li contem a Pere què és el que anem a buscar al poble i, més concretament, a la seua l'església?

—Ja n'hi ha molta gent assabentada, Manel, Andrés... i ara vols implicar Pere. Em fa por, algú podria parlar més del compte. Per a mi seria un desastre infernal. He de fer-me gran sense cridar massa l'atenció.

—Pere és un bon xicot, ja ho saps. A més a més, porta l'ordinador i de segur que ens és de gran ajuda en qualsevol moment delicat.

—Això també és veritat... i no té massa amics en qui confiar... ens vindrà bé —va concloure mentre el seu estómac li deia que l'ajudaria gustosament en qualsevol moment.

Així que mentre l'autobús feia la seua marxa per carretera, nosaltres amb quatre paraules ficàrem Pere al corrent de la nostra proesa passada i de la nova que estàvem a punt d'enllestir.

—Què bé! Ara sí que farem coses divertides! —exclamà Pere.

El camí era llarg, així que observàvem els diversos paisatges plens d'il·lusió.

El primer que férem fou instal·lar-nos a les habitacions d'una residència de tres estrelles. No hi havia diners per a cercar un allotjament més car.

Una vegada tot organitzat, Andrés recollí tota la paperassa del concurs de vela —normes a seguir—. Nosaltres, en canvi, teníem la vesprada lliure per visitar el poble.

—Hauríem de conéixer informació de l'església abans d'anar-hi. Sempre sabrem més o menys què podem fer o mirar més en concret —va dir Núria.

ESCOLARS

—La biblioteca és un bon lloc, hi aniré jo —va dir Pere.

—Nosaltres farem una ullada pels carrers. Deixem passar una hora i ens veiem a la porta. D'acord?

La passejada fou interessant. En un determinat moment Núria va dir:

—Jo ja he estat ací. Sé on estic i també sé que comença per a mi el perill real.

—Tranquil·la, la cassoleta està al poble, ella et protegeix, tot anirà bé. Què portes a la motxilla que pesa tant? —jo sospesava la bossa amb les meues mans.

—El diari del iaio, així ell també està amb mi.

—Vols que llegim algun somni d'ell? Tal vegada ens ajude a comprendre més les coses del passat.

Núria no s'ho pensà dues vegades i, asseguda a la gespa del jardí, va començar a buscar el llibre vell. Va obrir arreu i va començar a llegir:

«*Somni del dia...*» però no hi havia dia.

Em trobava a una aldea molt gran anomenada Boscavida, on vivien les persones més increïbles del món perquè tenien el poder de la vida eterna.

En aquell lloc apartat de tot vivien feliços tots els éssers vius amb milers d'anys d'existència gràcies a una flama blava que tenien en poder.

La flama la portaren des d'un lloc molt llunyà una mena de frares fent penitència en cerca de la soledat de la pau interna.

Buscaven la muntanya del silenci on la tranquil·litat era tan intensa que l'ànima trobava la seua essència, en canvi trobaren la flama.

Per aplegar allí travessaren prats, planures i un gran llac. Exploraren l'indret fins descobrir entre dues roques una cova immensa. Una mena de porta cap al seu interior.

Al cap d'uns dies veren un bosc amagat al seu interior. Era un bosc diferent i prompte sabrien per què... En clarejar el nou dia, observaren que al centre de la cova hi havia un gran forat que deixava passar la llum de l'exterior. Tots ens adonàrem que el arbres eren de fusta blava.

Al centre hi havia un magnífic exemplar que tenia a la seua copa un niu extraordinari fet de branques blaves i tota mena de flors silvestres.

Es trobaven meravellats pel descobriment quan, de sobte, escoltaren un fort crit de pardal molt estrident:

—Xiu, xiu... xiu.

Al moment, una gran ombra els sobrevolava per dalt de nosaltres. El més jove del grup, exclamà:

—És una gran au blava que... s'aproxima cap a nosaltres...

Espantats s'amagaren darrere d'una gran roca i des d'allí observaren com l'au començava a fer voltes planejant prop de l'amagatall.

L'ocellot fixà la mirada en el grup i, de sobte, començà a tirar flames pel seu bec. La bona o mala sort va fer que les flames tocaren un grapat de branques ubicades a terra provocant un xicotet foc blau ple d'encant per la seua originalitat de colorit. L'animal, ofuscat pel fum, va tenir la mala sort de caure dins la foguera i va morir allí cremat; aquell preciós exemplar els havia regalat un moment màgic. Impressionats corregueren cap al foc. Tots estaven bocabadats i decidiren agafar una branca encesa de foc blau per traslladar-la al poble. «Era la flama blava de la vida», la qual els donaria també la immortalitat —sempre que tingueren cura que el foc no s'apagara mai—.

—Ja està, ara hem de deduir què ens vol explicar Pep.

—Vol dir-nos que de la mort d'un guardià naix la immortalitat?

—Efectivament, però per a les persones que tinguen en el seu poder la flama blava.

Al final de la deducció ens n'anàrem a la porta de l'església. A la plaça també estava esperant-nos el mestre Andrés junt al nostre amic.

—Pere, què has aconseguit?

—He esbrinat que el poble fou construït a l'època visigoda. Que al casc antic encara trobem les mateixes cases i que, actualment, són patrimoni de la humanitat.

—Manel ens va explicar que l'estat visigot començà més o menys a l'any 476 i fou derrocat a l'any 711 ple de lluites pel poder de la seua noblesa —vaig dir per fer-me un poc l'important.

Pere continuà:

—La divisió del territori en general permetia els musulmans acudir en ajuda d'Akhila. Però la vida és molt complicada, els qui vingueren en la seua ajuda després es quedaren amb les seues cases, donat que Akhila renuncià tres anys després a favor del califa de Damasc.

—Estic impressionat, us hauré de ficar un excel·lent de nota d'avaluació —va dir amb un somriure el mestre.

—Eh! En aquesta decisió ni Pere ni jo discutirem amb tu. Però ara no és el moment de notes d'avaluació.

Pere continuà:

—Espanya va capitular mantenint les propietats als amos a canvi d'un impost territorial. Després comença l'època de l'Àndalus. Ja no he pogut saber res més.

—Doncs jo sí —digué Andrés—, l'església està dirigida per un sacerdot o monjo una mica especial.

Una vegada tot xarrat, marxàrem cap a l'edifici emblemàtic del poble.

Quan Núria va tocar la porta d'entrada tota ella va sentir un esglai i, blanca com la paret, quasi no pogué ni parlar. Ella volia recuperar alguna imatge dels records, però no podia. El cor li bategà amb força quan va dir:

—Ací he sigut una...

No va poder acabar la frase perquè el sacerdot ja es trobava davant preguntant-nos què volíem.

—Entrar a ma casa —digué la menuda davant de la cara d'espant dels seus acompanyants.

—Benvinguda sigues germana, aquesta és ta casa —digué el sacerdot amb un inefable somriure que eixia dels seus llavis

Sense més preguntes ens va fer passar a l'interior.

El sacerdot agafà ferrenyament la mà de la meua germana per entrar-la dins amb complicitat. La xiqueta es va commoure profundament per aquella acció.

Era una església molt autèntica i especial, radiava seguretat. Era tan xicoteta i a la vegada tan gran que tots ens quedàrem descompostos. Les parets estaven pintades amb escenes de rituals de l'època, la cúpula era un cel encés en flames al centre del qual hi havia una flama blava que controlava l'univers. La resta del sostre era d'alabastre finíssim.

—Has emprat la contrasenya dels germans llibertadors en entrar a ma casa —va dir el sacerdot.

—Qui sóc jo per a tu? —preguntà Núria.

—Qui sóc jo per a tu? —preguntà el sacerdot.

Un silenci curt, un silenci clarivident va omplir el lloc.

—El llibertador de la mort, això ets —li contestà Núria amb el ulls clucs.

La menuda havia viatjat ràpidament al passat, aquell edifici l'havia ajudada a fer-ho amb moltíssima velocitat. Els nostres amics encara no havien vist mai com Núria es transportava en el temps. Estaven tan blancs com les parets del poble, totalment al·lucinats.

—Efectivament, així és. Podem parlar a soles? —preguntà al mestre, que era el més major del grup.

Andrés em mirà, i jo li vaig fer que sí amb el cap.

—D'acord, nosaltres farem una ullada per ací. Però no marxeu lluny de mi —va dir el mestre.

El sacerdot era un home molt vell i semblava un home bo. Quasi no podia caminar donada la seua avançada edat, però amb la seua parsimònia va indicar a Núria un camí cap a una cambra paral·lela. Allí tindrien la tranquil·litat per a parlar de tot.

—Què faig ací? —va dir Núria ja asseguda a una cadira.

—Ets l'actual guardiana de la humanitat i estàs en perill.

Sobresaltada per la clara i ràpida contestació girà la seua cara cercant la meua.

—Pensava que cap persona d'aquest món sabia —a part del meu germà— que tinc aquest càrrec.

—Doncs no és així, com veus també ho sé jo. Ets una persona molt forta i has de saber que, a més de la cassoleta de protecció de les males energies de l'univers, tens adjudicats quatre llibertadors a la Terra. Estan al teu servei, durant tota la teua existència.

—Tu ets un dels meus llibertadors?

—Doncs sí, el més vell; aquell que té l'obligació d'ensenyar als altres tres companys la seua nova feina. Els he d'explicar els rituals per a protegir-te de la congregació de l'infern. Aquesta congregació està formada per quatre guerrers: la por, la fam, la guerra i la mort.

Núria poc a poc se sobreposà a l'explicació, després, s'omplí els pulmons fins gairebé explotar i contestà ferma:

—Per què em volen fer mal?

—Necessiten el teu poder de la ment per a controlar totes les ments de l'univers. La teua energia és igual a la suma de l'energia de la resta de les persones del món.

—El iaio em va avisar al seu diari personal que podia estar en perill. També em va dir que el meu germà era un llibertador. Però quins són els altres dos que falten?

—No et turmentes, generalment estan a prop del guardià. Això ens ho dirà la seua pell, ja que a la planta del peu tenim un trèvol de quatre fulles de color roig.

—El desig que diu la mare! —exclamà—. Ella ens explicà que quan una mare està embarassada i té un desig que no s'acompleix sempre apareix una marca a la pell del fetus.

—Bé, és una bona explicació, però jo en tinc una altra d'hipòtesi: el trèvol és el senyal perquè la guardiana o guardià identifique els llibertadors personals.

En altre lloc de l'església nosaltres observàvem tots els racons possibles on poguera haver-hi un tros d'un document. Cadascú de nosaltres estudiava les possibilitats d'una mena diferent. El més original de tots era Pere, doncs feia fotografies amb el mòbil i després les passava a l'ordinador.

—A la nit buscaré informació de tot açò.

Allí hi havia frases escrites a les parets en el mateix llenguatge que el manuscrit, seients de diferents formes i colors i, el que més ens va cridar l'atenció: la cúpula de foc amb una flama blava al centre.

Jo, immediatament vaig recordar el somni del iaioi el significat de la flama de la vida, però no vaig dir res.

El soroll del caminar de Núria i el sacerdot em van fer tornar a la realitat. Ja estaven, una altra vegada, amb nosaltres.

—Com ha anat tot? —preguntí.

—Bé, la veritat és que estic més tranquil·la. No estic sola en l'àrdua tasca de vigilar i protegir —contestà la menuda—. Algú de vosaltres dos té una marca de naixement a la planta del peu dret a part de David? —preguntà Núria.

—Jo —va dir rient Pere—. Però... com ho saps?

—No ho sabia. Però ets el tercer llibertador. Benvingut sigues.

Pere i el mestre no entenien que estava dient la xiqueta.

—Què passa amb els llibertadors? —preguntaren a la vegada.

El sacerdot va relatar de nou amb pèls i detalls tot el que feia una estona havia confiat a la guardiana. En eixir la paraula secreta els nostres amics preguntaren a la vegada:

—Què és una guardiana?

Era el moment de revelar totalment el secret. Núria ja no podia retenir més el seu misteri, o confiava en els llibertadors o podia morir sense la seua ajuda. Va recordar les paraules del iaio i va decidir explicar la seua tasca de treball per a la humanitat.

—Alguna pregunta més?

Tots restàrem callats, era increïble tot allò que estàvem escoltant. Costava digerir totes aquelles paraules ja que ratllaven la màxima fantasia o més encara, la màxima bogeria.

—Una vegada en la vida de cada guardià la congregació de l'infern té prou poder per intentar el seu segrest —digué el sacerdot.

—Segrest! Com podem impedir-lo? —diguí impetuós.

—Hem d'impedir que la congregació recomponga la Venus. Aquesta està repartida i amagada en quatre ciutats. La Venus té un gran poder, fins i tot... pot fer desaparéixer la cassoleta de protecció i deixar el guardià sol davant de tot.

Per això els guerrers al llarg del temps guarden els primers trossos de la Venus, per utilitzar-los en el ritual final. Però ara no vull que us angoixeu, entre tots tenim el poder universal del bé per evitar que això puga passar en realitat.

Al matí següent havíem de començar amb la regata de vela. El dia era fresc, feia un fred que raïa però el vent era favorable per a navegar.

Al vaixell de vela érem els catorze estudiants, Andrés i el mestre d'Educació Física —al qual mai el cridàvem pel seu nom—. Total setze parells de braços per a fer volar aquella xicoteta nau.

—És una passada! —deia Núria.

Núria era la primera vegada que participava en un concurs de vela, la resta quasi érem experts en la matèria. El vent dolç del matí trencava en les nostres cares; les gavines blanques ens acompanyaven sorollant cançons de la mar.

No ens va anar gens malament, en aquella jornada arribàrem els tercers. Una bona classificació.

Al final del dia estàvem realment cansats. Ningú no tenia ganes de fer una passejadeta pel poble. Vam decidir sopar prompte i anar-nos-en a dormir.

Però no tots van aconseguir-ho, Pere i Núria no pogueren. Finalment baixaren a la sala de reunions de la residència.

—Què fas ací? Són les tres de la matinada —digué Pere.

—El mateix que tu, no puc dormir, em fan malbé tots els músculs de l'esforç realitzat amb les cordes i el vent. No pots separar-te del teu ordinador? Sembla el teu germà —observà la menuda.

—Sí, així és. Saps que he descobert algunes coses de la congregació buscant per la xarxa en internet?

—Això és fantàstic! Explica't!

—La congregació té una estructura piramidal, els quatre vèrtexs de la seua base representen els seus guerrers i el vèrtex superior està reservat per a una flama blava. La piràmide té una base quadrada. —Pere parà un poquet de parlar ja que volia fer-li una altra explicació impactant.

Saps... la primera guardiana de la humanitat fou creada pels Déus a l'interior d'una piràmide.

—Sí, ja ho sé. Saber el principi del meu treball —ser part de la missaga dels guardians— fou un dels exercicis espirituals que vaig haver de realitzar amb el iaio.

—Tal vegada quan crearen la piràmide del bé també crearen la piràmide del mal. Això és una hipòtesi, clar.

—Qui sap! Possiblement...

—En el somni del iaió la flama blava també apareix. Però... què serà la flama blava? —continuava preguntant-se Núria.

—Què, no... qui? Actualment ets tu. Segons la meua informació quan tinguen en el seu poder el guardià o guardiana el convertiran en energia pura al seu servei, aquella que solament té la divinitat. La convertiran en la flama blava, en el poder de la immortalitat.

—Per això necessiten segrestar-me, no?

Era tan gran l'estupor que experimentà Núria després de la reflexió plantejada feia un moment que quedà immòbil i preocupada.

—Sí, necessiten tenir-te. Aleshores aconseguiran crear vida de la mort i mort de la vida. Serà el control total de l'intel·lecte, el control del bé davall el poder del mal.

—Per curiositat, com has aconseguit la contrasenya per entrar en el seu món?

—Vaig fotografiar algunes paraules de les parets de l'església amb la càmera del mòbil. Després, amb paciència, he anat escrivint-les per la xarxa informàtica fins que la congregació ha pensat que era un d'ells.

—I t'han permés entrar dins del seu cau?

—Millor encara, m'han permés gravar molta informació dels seus rituals.

La menuda estava recobrant la serenitat que sempre l'havia caracteritzada.

—Gràcies, ets un gran llibertador.

Núria li va fer un bes a la galta, estava orgullosa de tota la gent que tenia la sort de conéixer.

—Comence a tenir son. Com ja he parlat amb tu, he descarregat la tensió del saber —digué Pere obrint els braços del cos.

—Doncs... bona nit! —digué Núria.

5

EL SOTERRANI DE L'ESGLÉSIA

El dia següent era el dia de descans en la competició. Anàrem a la platja perquè feia molta calor.

Ens dedicàrem a jugar amb l'aigua de la mar ja que a tots ens agrada molt banyar-nos. I acabàrem jugant un partit entre amics. Fou un matí esplèndid.

Per la vesprada, descansàrem davall el sol calent.

Tot anava la mar de bé fins al moment en què decidírem cobrir Pere amb l'arena. Primer tapàrem els peus i les cames i, poc a poc, tapàrem la resta del cos.

Andrés, sempre cavil·lant, va tenir una idea:

—Anem a fer un experiment —va explicar amb tranquil·litat—. Ara, amb aquest tros de plàstic, li taparem la cara i li deixarem una palleta d'orxata que el permetrà respirar. Després el cobrirem del tot i ja veurem quant de temps resisteix... la soledat.

Així ho férem. Després, amb gran rapidesa, tapàrem amb les nostres mans tota la cara de Pere, que era l'últim tros de cos que quedava fora.

Aquella situació ens feia molta gràcia —el xicot era una muntanya llarga d'arena calenta—. Nosaltres ploràvem de tant de riure en veure com el nostre amic continuava la broma —no movia cap múscul del seu cos—.

El temps passava, i ell quiet... al final nerviosos de tanta tranquil·litat començàrem a destapar-lo. En aquell mateix moment, sentírem als peus un moviment de terra fort i brusc. El nostre nervi augmentà, la veritat estàvem astorats, tots intuíem que alguna cosa estranya acabava de passar als nostres peus. Continuàrem destapant-lo àgilment, però Pere no era allí... això passava. On podia ser? Tots i cadascú de nosaltres ens féiem aquesta pregunta. Però Núria, Andrés i jo pensàvem que la congregació havia començat a actuar fent desaparéixer un llibertador.

Calia reaccionar ràpidament. Els mestres volien buscar la policia, en canvi els alumnes volíem solucionar el problema entre nosaltres. No volíem passar per la vergonya que ens faria passar Pere quan apareguera amb un refresc entre les mans.

—Amics, quina calor fa! —ens diria amb un gran somriure.

Finalment decidírem prendre'ns la situació amb calma. Nosaltres buscaríem en primera instància Pere i després, si de cas no apareixia, ja informaríem.

Començàrem fent un forat tan ample que resultà una gran molèstia a tota la gent de la platja pròxima a nosaltres, però res, el nostre amic no hi era. La gent del nostre voltant acabà recollint les tovalloles i les ombrel·les per anar-se'n a casa cansada de tant de moviment.

—Hem de trobar-lo. Què li direm a sa mare? —deia jo en veu baixa a David.

—L'única solució és buscar més endins, fer el forat un poc més fondo.

Res teníem a perdre ja. Amb unes pales de plàstic i les mans cansades començàrem a llevar més quantitat d'arena i a tirar-la fora... Al final de la vesprada el forat ens descobria un túnel subterrani.

—Pere ha caigut per ací —va dir Núria assenyalant-lo amb un dit.

Ningú controlava l'hora, sols ens preocupava trobar Pere. Sense dubtar-ho, decidírem anar per aquell túnel en cerca del nostre amic.

Arrossegant-nos per un espai estret, entre unes parets polides pel pas de la gent —en altre temps—, on ens portaria aquell túnel... era tot un misteri.

Ningú no sabia on aniríem a parar per aquell camí llarg, estret i obscur. Però cap de nosaltres volia deixar d'avançar.

—Portem quasi un hora arrossegant-nos per ací dins —digué el mestre.

—Caldria que trucàrem amb el mòbil la policia —insistia el seu company—. Igual estem tots en perill!

—No és possible. No hi ha cobertura.

L'única solució doncs era avançar o retornar. Poc de temps després, quan ja estàvem quasi desesperats, el túnel finalitzà. Observàrem bocabadats una gran cova subterrània al final del gran esforç. Però el més estrany era que aquell lloc semblava un claustre de monestir.

—Dins de la terra hi ha un monestir? —preguntaren alguns al·lucinats a la vegada.

A la base de la cova hi havia quatre columnes amb un tros de dibuix gravat a foc. Eren una part de la silueta de la Venus. Enmig de la sala hi havia un cresol amb una difusa llum de cera que ens permetia veure discretament el seu voltant.

Era emocionant sentir l'olor d'humitat i de florit que feia aquell lloc, i tot barrejat amb un perfum de sàndal que provenia d'un nou túnel.

A la dreta hi havia una pedra plana recoberta de taques obscures. Núria s'apropà, col·locà la mà damunt i va fer un xiscle.

—És sang! —va dir en veu baixa a Andrés per a què la resta del companys no tinguera por.

De sobte, hi hagué un altre moviment de terra amb la mateixa intensitat que el primer.

—Però, què passa ací? Comence a tenir por, anem-nos-en —va dir el mestre d'Educació Física.

—Tens raó. Torneu enrere, busqueu l'ajuda de la policia. Jo i alguns voluntaris continuarem endavant —li contestà Andrés.

—No em sembla el més correcte, però...

—David i jo t'acompanyarem —va dir la menuda amb molta decisió.

—Procureu utilitzar el telèfon quan tinga cobertura —ens recordà el mestre d'Educació Física.

Així que els dos grups continuàrem caminant; uns cap enrere i els altres cap avant. La majoria preferia eixir d'allí. Nosaltres tampoc no desitjàvem estar en perill, però...

Núria i jo imaginàvem que aquell escenari tenia alguna cosa a veure amb ella. La pedra plana era semblant a la descripció de la pedra del ritual del somni de Pep, a més a més tenia sang, un altre senyal que podia ser la mateixa pedra.

Portàvem uns cent metres pel nou passadís quan començàrem a escoltar paraules distorsionades.

—Qui serà?

—De segur que és Pere amb companyia.

—I si no ho és? —diguí.

—No passa res, estem tots junts —contestà Andrés amb veu de poca confiança.

Poc a poc anàvem apropant-nos a la veu fins aplegar a una porta vella i gruixuda, aquesta tenia escrites unes paraules que semblaven àrabs i que estaven pintades amb pintura d'or.

Intentàrem obrir la pesada porta, però no hi havia forma humana d'aconseguir-ho.

—Estic esgotat! —digué Andrés que era qui més força havia fet en l'intent.

Núria començà a acariciar la porta amb els ulls clucs... viatjava de nou. Jo no sabia si era al passat o al futur. Tornava a estar blanca. Poc a poc deixà relliscar el seu cos a terra i es quedà allí, asseguda com una nina de drap.

Andrés anava a dir-me alguna cosa, però jo vaig tapar la seua boca amb la meua mà.

En un curt espai de temps Núria recobrà la consciència, i tornà de nou al present.

—Pere es troba a l'altre costat, amb una persona coneguda per tots. Tranquils no passa res.

—És impressionant —va dir Andrés.

Núria començà a caminar a la dreta del passadís i, una vegada davant la paret, va veure una mà marcada en la pedra.

La meua germana col·locà la seua damunt de la figura marcada i la porta començà a obrir-se poc a poc.

Andrés continuava impressionat.

—Sou una capsa de sorpreses!

La porta continuava amb el moviment lent d'obrir-se... per fi estava de bat a bat.

—Heu tardat molt —una veu coneguda ens parlà serena des de l'interior d'una nova cambra.

—Ets un bocamoll. Ens has donat un sobresalt —diguí jo.

—Què és tot açò i què fas ací? —digué Andrés enutjat de debò. Encara li tremolaven les cames un poc del sobresalt.

—No passa res, no passa res. Estic molt bé. Quina passada, veritat? —exclamà.

—Sóc el responsable de la teua vida perquè no estan ací els teus pares —replicà el mestre.

—Un xicotet terratrèmol m'ha fet caure dins d'un túnel, i després he hagut de continuar per eixir cap algun lloc. La resta ja ho podeu imaginar.

—Com has obert la porta gruixuda? —li preguntà Núria.

—Estava oberta, i ací estava esperant-me el sacerdot de l'església.

Encara no havia acabat de parlar quan aparegué la figura de l'home.

—Hola! Vinc d'avisar la policia del poble que esteu ací amb mi, i en perfecte estat. Els vostres companys ja estaven denunciant la vostra desaparició.

—Què ha dit... la policia? —preguntàrem tots a la vegada al·lucinats per la seua acció.

—Res. Tot el poble sap que hi ha un passadís subterrani que uneix la platja amb l'església. Abans era una eixida camuflada per als seus habitants quan fugien dels musulmans. L'església estava separada del monestir encara que els dos edificis estaven lligats per túnels.

—Però, per què van construir un monestir subterrani? —preguntí.

—No era un edifici subterrani, però la natura va fer que uns terratrèmols l'enfonsaren dins la terra.

—És increïble! Està perfecte, tota l'estructura està intacta —va dir Pere.

—Així és.

—Recordeu quan en la pantalla de l'ordinador va eixir escrita aquesta frase: «Submergeix-te en l'arena calenta i trobaràs la solució». Ara ja té sentit. L'aparell des de ta casa em guiava per buscar i entrar dins del monestir. Algú em controla des de la distància —va intuir Pere.

—Tanmateix, igual el paper que vam imprimir té més aclariments —vaig dir.

—De segur que sí, ja que escrivia les paraules sense ajuda de ningú. El primer que faré quan torne a casa serà llegir-lo —digué Núria.

—De què parleu? —preguntaren tots a la vegada.

Núria va explicar que aquella nit a casa tenia el paper a les mans i, mentre intentava dormir hi van aparéixer unes paraules, completant les frases de l'ordinador.

—Bé, açò ens desborda per tots els costats —va dir el mestre.

Tots estàvem esgotats.

—Però... cap persona de la platja ens ha avisat que hi havia un túnel —digué enutjat el mestre.

—Possiblement també serien forasters. En l'època del concurs ve tanta gent que nosaltres no solem baixar a nadar, ni tan sols a passejar. Bé, canviem de tema, ja que esteu ací podríem berenar i xarrar un poc més tranquils. La idea fou aplaudida per tots.

El sacerdot ens va guiar cap al menjador i, una vegada instal·lats, començà a parlar de nou:

—Nosaltres som els protectors de les quatre ciutats que estan ubicades als quatre vèrtexs de la base de la piràmide energètica que representa el món.

—Igual que els guerrers de la congregació? —preguntà Pere.

—Com saps això?

—L'ordinador és una eina d'investigació molt ràpida —va dir rient-se—. Però hi ha una cosa que no entenc, si als vèrtexs estan les ciutats que protegim nosaltres i també els guerrers de la congregació infernal que volen destruir-les... estem tots junts?

—Més o menys. L'estructura piramidal està

duplicada, la piràmide del bé, amb els quatre llibertadors en la base: la pau, la vida..., i la guardiana al vèrtex superior. La segona estructura és la piràmide del mal amb els quatre guerrers: la por, la fam, la guerra i la mort i, al vèrtex, la flama blava —va dir Núria que ja ho havia deduït quasi tot.

—Per què són tan importants aquestes ciutats? —preguntà Andrés.

—Cada ciutat amaga un tros de pedra tallada —aclarí el sacerdot.

—Un tros de la Venus? —digué Núria.

—Doncs sí, ja veig que has fet els deures.

—El naixement de l'home, amb la seua intel·ligència, va atraure a la Terra el poder del mal i el poder del bé. Un ritual prehistòric canalitzà una gran energia negativa en una pedra tallada per uns homes que, per circumstàncies estranyes, fou trencada en quatre peces. Aquests quatre trossos també tenen un gran poder per separat.

—El iaio va viure, en un somni, la creació de la Venus i també la seua ruptura.

—Aquestes peces rodaren pel temps durant milers d'anys amb el seu poder acumulat, i utilitzat incorrectament pels homes; fins que en l'època dels egipcis els Déus crearen la primera guardiana de la humanitat per protegir l'espècie del mal en general —continuà explicant-nos el sacerdot.

—Aleshores, quan apareixen els llibertadors? —preguntí.

—Primer explicaré quan aparegueren el guerrers. En l'època visigoda uns esclaus localitzaren els trossos de la Venus que, per primera vegada, estaven junts al mateix lloc, i observaren l'augment de poder de les seues ments; fins i tot deduïren que hi havia una persona que guardava la humanitat. Aleshores, intentaren formar la figura original per aconseguir tenir el màxim poder per desfer la cassoleta de protecció de la guardiana.

—És a dir... que una vegada units els trossos de la Venus, la guardiana del moment podria desaparéixer, quedaria anul·lada. La Terra seria governada pel mal sense cap impediment del bé —vaig dir.

—Així és. En aquell moment l'amo dels esclaus intentà fer-se amb el control del món convertint-los en ministres de control de les zones de pas, davall la seua obediència, clar. En aquest pacte els esclaus aconseguiren la seua llibertat. Però l'amo no va tenir en compte l'avarícia del poder quasi suprem dels quatre nous ministres.

—La vida és... un embolic complicat.

—Calla home! Vull saber què passà —em remugà el mestre—. Continua per favor.

El sacerdot amb veu relaxada continuà el relat:

—És per això que els quatre ministres es plantejaren apartar el seu senyor del mig i manar de la nova situació creada amb el seu nou poder. Aquest temps de lluita entre ells fou decisiu perquè la guardiana aconseguira ajuda; això correspon a l'inici de l'època musulmana i final de la visigoda.

—La creació de l'assemblea del llibertadors —afirmàrem a la vegada.

—El guardià que controlava en aquell temps l'espècie demanà ajuda a la resta dels seus predecessors. Les ments dels guardians sempre estan al servei del present. Totes elles estan unides en una joia, els ulls rojos —va dir el sacerdot.

—Ara la tinc jo. Per això els meus predecessors crearen amb la seua energia mental els quatre guerrers no dolents, per equiparar les forces formant l'assemblea dels llibertadors. Ara hi ha dos bàndols més o menys igualats: la guardiana i els seus quatre llibertadors per un costat i la Venus i els quatre guerrers del mal per l'altre —aclarí.

—Així fou. Però més encara, al final els llibertadors aconseguiren separar els guerrers i cadascú d'ells marxà a una ciutat diferent. Però per desgràcia els guerrers ja havien format entre tots una congregació poderosa amb fidels seguidors fins i tot al llarg del temps, la congregació de l'infern.

—Qui guanyarà aquest enfrontament? —preguntà Núria.

—Fins avui, sempre el bé, encara que la vida pateix contínuament la injustícia de les males accions en determinats moments històrics i territorials.

Tots començàvem a fer cara de cansats, el sacerdot se'n va adonar.

—Per avui ja n'hi ha prou, ara anem-nos-en a descansar.

Caminàvem davall la mirada de la gent del poble que ens feia somriures.

Nosaltres sabíem que es reien per la nostra aventura davall l'arena de la platja. Semblaríem per a tota aquella gent una colla de babaus. Així que finalment també començàrem a riure fort. La veritat és que havíem passat por per a res.

—Aquest poble és tot un misteri —va dir Pere, que encara pensava en qui havia guardat un monestir dins de la terra intacte des de l'època visigoda, doncs no era gens normal que es conservara tan perfecte després dels terratrèmols que sovint sofria.

Quan arribàrem a la residència els nostres companys estaven esperant-nos molt inquiets. Així que amb un grapat de paraules férem l'explicació ràpida de tot allò que podien saber:

—El sacerdot ha recollit Pere pels passadissos d'un monestir.

6

LA DESAPARICIÓ DE NÚRIA

La nit fou llarga per a tots, però el que no sabíem és que més llargs serien els dies a partir d'aquell moment.

Quan baixí a prendre l'esmorzar al menjador la meua germana no hi era encara; això era bastant estrany perquè sol ser molt matinera.

—El cansament d'ahir ha deixat Núria esgotada —va dir Andrés.

—La meua germana recupera sempre les forces molt ràpidament —vaig dir nerviós de no veure-la.

Andrés va col·locar la mà sobre la seua boca i després es va donar un colp al cap.

—Igual no està a la seua cambra. Ahir vaig escoltar una música dolça que relaxava la ment.

—Jo també vaig decidir alçar-me del llit, però la relaxació era tan forta que no ho vaig poder fer.

Encara no havia acabat de parlar quan vaig començar a caminar ràpidament cap a l'habitació de Núria.

Un gran mal de panxa va omplir tot el meu cos quan, en l'instant de col·locar la mà damunt la porta vaig saber que la meua germana ja no hi era.

—Núria, obri per favor! —gemegava per si de cas fent colps a la porta reiteratius... però res...

Els mestres, en veure la meua reacció al menjador, ja venien amb el conserge de la residència per obrir la porta amb la clau mestra. El moment va ser etern, per a tots. Però la realitat estava davant de nosaltres, Núria no era dins. La porta estava tancada amb clau i rodat el seu pany dues vegades.

—Però com ha pogut eixir sense obrir la porta? —va dir el conserge estranyat—. Solament es pot tancar per dins!

Tothom la buscava per tots els amagatalls de la cambra, però jo sabia que no hi era.

—Les finestres tenen totes protecció amb reixes de ferro —va dir esglaiat el mestre d'Educació Física.

Calia pensar ràpidament.

«Cap persona pot saber del seu segrest», vaig pensar. Açò era el començament de la nostra tasca de llibertadors per la pau.

Pensí: «asserena't per favor, asserena't... L'estació

està al costat de la residència; és fàcil arribar-hi des d'ací encara que tingues tretze anys i siga de nit».

Una veu calmada eixia amb un ritme dolç, per a què cap persona sospitarà del segrest que havia esdevingut davant de tots aquella nit.

—No passa res, quin cap tinc! —vaig exclamar—. Ahir la meua germana em va contar que volia retornar a casa amb el tren de les deu de la nit. El pare la recolliria a l'estació i jo avisaria els mestres de bon matí. Com tots estàveu tan cansats ens va semblar bona idea.

—Bona idea no avisar-nos! —exclamà el mestre d'Educació Física.

—Perdona, sóc un xicot adolescent i ja saps que, de vegades, prenem decisions incorrectes. Mireu la cambra està en ordre, el llit fet i la roba recollida —vaig dir—. Amb el cansament d'ahir no recordava res. Perdoneu-me.

Tot estava en ordre, com si allí no hi haguera cap persona instal·lada la nit d'abans.

Però les cares de Pere i d'Andrés em deien que tot no anava bé; no obstant això, seguirien la meua farsa davant de tots, fins i tot m'ajudarien a convéncer.

—Bé, tu ets el seu germà major i, si estàs tranquil, doncs nosaltres també —va dir Pere.

—D'acord, però jo trucaré a casa per parlar amb ton pare, vull preguntar-li per què li ha donat un permís tan estrany a una cria de tretze anys. Nosaltres som els responsables, som els mestres —digué Andrés per controlar la situació.

Jo tenia clar que no anava a comprovar res.

—A més a més, quan tornem a l'escola jo n'hauré d'informar a la direcció del col·legi —va dir molt enutjat el mestre d' Educació Física.

—Espera home, igual ha ocorregut alguna cosa de molt de pes a la casa de Núria. Saps molt bé que Núria té tretze anys, però que actua igual que una persona adulta; per això està ací amb nosaltres.

—Tens raó, però tampoc li haguera passat res avisant-nos abans de marxar per la nit —tornà a dir.

Poc a poc la gent es relaxà i retornà al menjador. Però nosaltres no estàvem tranquils, sinó tot el contrari. Pensàvem que la congregació havia realitzat el seu robatori personal: la meua germana.

Al final solament ens quedàrem els tres a l'habitació. Tancàrem la porta per parlar tranquils, sense vigilància.

—Què farem ara? El meus pares no poden saber que nosaltres hem perdut a Núria, ells no saben que és la guardiana —diguí atabalat per la situació.

—Les forces estan igualades, no? Doncs hem d'esbrinar quina persona és el llibertador que ens queda per identificar —va dir Pere.

—Jo li diré al meu company, el mestre d'Educació Física, que Núria està a casa, sana i estàlvia. Així que tenim deu dies per recuperar-la, sinó... estarem perduts. Acabada l'excursió es descobrirà el pastís.

—Més encara, si no és així... la humanitat estarà perduda

Un calfred ens va deixar glaçats.

—Hem de repartir-nos la feina. Pere, tu buscaràs més informació per la xarxa d'internet; David, informaràs el sacerdot de tot açò que ens ha passat i jo parlaré amb el meu amic Manel —manà Andrés.

—A la nit, després del sopar, anirem a la sala de reunions per fer una xarradeta. D'acord?

Més tard, en la reunió nocturna, començàrem a relatar tot allò que sabíem de nou.

Començà a parlar Andrés:

—El meu amic Manel està realitzant un estudi dels llibres d'un armari de paret. Diu que són una meravella de la història dels rituals de la humanitat al llarg del temps. Ha localitzat un llibre que explica on està amagat el tros de paper per completar el manuscrit original del qual portàveu una fotocòpia. Segons el llibre allí estan escrites les paraules que convertiran el guardià del present en una flama blava plena de poders per al nostres contraris.

—És a dir que la primera persona que trobe aquest trosset de paper té assegurat guanyar la batalla final —vaig dir amb il·lusió.

—Espereu, encara no el té acabat de traduir, però... hi ha una altra sorpresa. Té un trèvol de quatre fulles a la planta del peu de color roig.

—Això significa... que ell és el quart llibertador, què bé! Ja estem tots preparats —vaig dir—. No podran amb nosaltres!

—Quan acabe la seua tasca vindrà ací, amb nosaltres, per ajudar-nos a recuperar el paperet i a Núria, és clar. Bé, ara li toca parlar a un altre.

Jo també havia parlat amb el sacerdot que no s'havia espantant gens del segrest de la menuda. Havia entrat a l'església pausadament, no volia distraure'l de la visió de la llum cristal·lina que passava a través de les vidrieres barrejades de diversos colors. Assegut, intentava buscar en el meu interior alguna idea vàlida per trobar Núria.

—El cansament d'ahir t'ha fet estar sol? —preguntà.

—No, el segrest ja ha ocorregut —li contestí.

—No passà res, ja ho sé. Era d'esperar.

—Ara, què farem? Tinc por!

—La por mou les muntanyes... la por i l'amor, dues qualitats que tens tu en aquests moments. Núria no pot estar molt lluny de nosaltres, el ritual necessita el monestir i l'església, llocs on es realitzarà;

i a més a més la cassoleta també està ací. Ja saps què significa això, que la teua germana també està ací.

—Però...!

—Però... ara comença la lluita intensa per als llibertadors i els guerrers, cadascú ha de guanyar al seu contrari, l'aliment guanyarà la fam; la vida guanyarà la mort; la pau guanyarà la guerra; la por serà vençuda per la... serenitat.

—Com ho farem?

—Nosaltres formem l'assemblea dels llibertadors fundada des de fa milers d'anys per protegir les quatre ciutats on es viurà la lluita individual amb cada contrari.

Les ciutats tenen noms de camuflament perquè les persones que viuen en elles no sàpien que sempre estan en un perill extrem. Magda, Tabia, Miscle i Postam, aquests són els seus noms irreals.

—Haurem de fer sang entre nosaltres o a altra gent?

—No, la nostra lluita és mental.

—Això sembla bastant complicat.

—No. Escolta i relaxa't. L'assemblea fou creada en l'època musulmana. Solament hem d'esbrinar totes les situacions importants de l'època que ens poden servir per canalitzar les idees cap a la victòria. Si en aquell moment desferen la congregació, nosaltres també podrem.

—Hem d'estudiar? Això no fa por.

—L'època de l'Àndalus començà amb un ample moviment d'expansió àrab relacionat amb la crisi de l'estat visigot. Als cinc anys del primer desembarcament la península Ibèrica estava controlada en la seua totalitat per àrabs i berbers. L'ocupació fou ràpida per la gran facilitat dels musulmans per a pactar i acceptar capitulacions condicionades, pel grau de descomposició de l'estat visigot.

—Açò, què ens estarà dient...? —pregunti.

—Que hem de pactar amb els contraris, donar-los individualment algun poder, una mena de regal, per crear rancúnies entre ells.

—Bé, continue explicant-t'ho: entre els anys 714-740 van ocórrer tres esdeveniments importants: continuà la conquesta, es refermà el procés fiscal i començà el conflicte entre àrabs i berbers.

El sacerdot callà de colp i volta.

—Què més?

—No sé... tinc la sensació d'anar perdut.

—No espera! Acabes de dir conflicte entre àrabs i berbers. Conflicte entre els mateixos amics. Això és el que hem d'utilitzar, l'enfrontament entre ells.

—Jo pensava que havíem de donar alguna cosa a canvi de Núria que volgueren tots a la vegada...

—Ja ho sé! —vaig dir impetuós—. El tros de paper que falta al manuscrit antic és el que podem utilitzar, perquè la menuda no pot contar-los allò que no sap. A més, ells el necessiten per poder realitzar el ritual complet.

Jo ja havia acabat de contar tot allò que sabia i, en aquell moment, li tocava a Pere.

—Bé, jo també he seguit estudiant la història musulmana, el meu cor em deia que era per allí per on havia de continuar. He esbrinat que el major esplendor de l'Àndalus fou en el regnat d'Abderrahman II, durant els anys 821-852, en aquell moment vivien davall unes estructures socials i econòmiques molt favorables. En la segona meitat del IX es produïren greus esdeveniments que convertiren l'Àndalus en un mosaic de senyorius independents com el califat de Còrdova —explicà Pere.

—Tot açò, què ens diu? —preguntí.

—Altra vegada el mateix, que per gran que siga el contrari, si ens plantegem la seua ruptura a trossos menuts... acabarà vençut.

—Divideix i guanyaràs. Aquest és el nostre cas —diguérem tots a la vegada.

—Bé, anem a dormir. Tal vegada el descans ens proporcione més idees —va dir el mestre.

Jo pensava que Núria estaria tranquil·la perquè sabria que els seus llibertadors estàvem preparats per a l'acció. Intuïa que, amb el seu poder del saber esbrinaria tot allò que nosaltres féiem per trobar-la.

Quan em col·locava el pijama per a dormir, una visió va passar ràpida pels meus ulls. El diari del iaio Pep estava al calaix de la meua taula de nit.

Em vaig adonar que havia de buscar algun somni del iaio que parlara dels musulmans.

Bon dia!

Aquell dia un grup de proveïdors de tota mena de queviures i d'objectes de decoració acudíem a l'audiència de compra i venda que convocava el sobirà.

Jo solament volia parlar amb qualsevol emissari per realitzar una venda d'espècies i teles. Però quina va ser la meua sorpresa quan em van informar que el gran sobirà volia parlar concretament amb mi.

—Però, per què vol parlar amb mi? —preguntí nerviós.

—Aquesta pregunta no li la podem contestar ningú, el sobirà decideix el que vol fer o no —em contestaren—. Ara has d'aprendre el protocol que cal fer en la seua presència.

A la cambra on estava començaren a entrar visirs i dignataris que també esperaven ser rebuts pel sobirà. Aquella gent era molt adinerada, o almenys ho semblaven pels seus vestits fets amb teles valuoses. Tots aquells personatges portaven turbants blancs al cap.

Quan ja érem tots al lloc començaren a explicar-nos com havíem d'actuar davant del gran sobirà. Una vegada explicat el protocol, l'audiència era enllestida.

Al cap d'un moment vaig sentir cridar el meu nom, em tocava entrar-hi.

Avançava amb els ulls baixos, quasi clucs, cap al tron on estava el califa.

El sobirà, Abderrahman II, *estava assegut i els seus peus descansaven damunt un coixí roig brocat amb fil d'or. Aquella sala on estava refulgia el seu enllosat de marbre negre i blanc lluent com una espasa nova.*

—M'ha estat comunicat que portes tota mena d'espècies aromàtiques de les Índies —afirmà directament el sobirà.

—Doncs sí, així és —jo podia contestar-li sense mirar-lo a la cara:

—Necessite la teua presència i ajuda durant un dies per realitzar una cerimònia.

—Però he de continuar la venda ja que esperen la meua presència en altres corts —contestí.

—Doncs, no podràs estar-hi. Ja enviarem un emissari colom per què no espere ningú la teua presència. Accepta el teu destí privilegiat, obtindràs tot allò que necessites. A partir d'ara seràs el meu mestre de cerimònies de perfums i essències. A partir d'ara podràs dur una vida còmoda al meu habitatge i tindràs un encarregat per ajudar-te amb el teus quefers.

A mi, aquelles paraules al voltant de l'encarregat de la vigilància em van semblar més com un controlador de la meua feina a fer. Una persona que informaria de tot allò que fera d'ara endavant.

—Però... quina feina? —preguntí astorat.

—La de trobar una composició aromàtica que produïsca l'anul·lació de la ment. Disposaràs de tot el que necessites del teu voltant.

—Però jo no estic preparat, solament faig venda d'herbes, no la composició de les mateixes —aclarí.

—Doncs, fins que no trobes allò que vull i necessite, no podràs marxar d'ací a cap lloc.

Acabada la comunicació amb aquella persona que manava de tot, el meu nou treball semblava una terrible sentència d'incomunicació amb tota la gent que coneixia. Però no podia fer-hi res, només obeir les ordres del sobirà.

Una vegada instal·lat al minaret, comencí per classificar totes les herbes que portava per a vendre. Després vaig realitzar l'estudi de les seues propietats, per finalitzar amb la preparació de diverses pocions que deixava assecar al sol per convertir-les més endavant en fustes aromàtiques.

Al final del meu treball d'estudi diari, sempre acabava cremant les fustes preparades de diversos sàndals als brasers de la cambra del sobirà.

Allí escampava amb el fum la fragància dolça del seu perfum per comprovar si la barreja del dia anul·lava la ment.

Cada dia la meua tasca resultava buida, en comprovar que no funcionava res d'allò que havia preparat.

—Alguna cosa et falla —asseverà Abderrahman II.

—Doncs, jo no sé què més fer —li aclarí, ben proveït de tranquil·litat.

Tot va continuar igual fins un dia en què cremàrem les fustes i el fum, i, en lloc de sorgir blanc, va sorgir d'un color roig intents. Llavors, tots els presents començaren a adormir-se a excepció del sobirà i jo, que sempre portàvem una mena de mocador que tapava el nas i la boca, i que feia de colador de l'aire que respiràvem.

El sobirà començà a somriure, semblava que tenia a les mans allò que tant desitjava: controlar les ments. Una vegada tots relaxats va dir:

—Obriu els ulls.

Tota la gent va obeir. Tenien les pupil·les dilatades i els ulls entreoberts.

El sobirà va veure les brases on cremàvem les fustes i va dir:

—Tu —assenyalà un home— agafa una brasa amb la mà.

Una missió arriscada, no n'hi havia cap dubte, però l'home va obeir. Amb tranquil·litat agafà la brasa i la va retenir a la mà fins rebre l'ordre contrària. La persona tenia en aquells moments una expressió d'esbalaïment, estava cremat i dolgut, però no va dir res; no va deixar caure la brasa ni va xisclar.

Quan la fusta deixà de cremar i el fum deixa d'omplir el pulmons i el cap de la gent, tothom recobrà el coneixement.

«Què volia dir-me el iaio amb el somni?» Fou la pregunta que em va acompanyar aquella nit. Un fum roig... alguna mena de perfum podia també anul·lar les ments mundanes?

7

EL RITUAL DE PRESENTACIÓ A LA GUARDIANA

Havia arribat un dia especial per al grup escolar, havia de quedar eliminada una embarcació de vela de totes les presentades. El concurs començava a adquirir força i per tant l'esforç de tots era molt intens.

Havíem de treballar durant tot el matí en la mar. Al final quedàrem els quarts, tot anava bé. Encara que, en aquells moments, això no ens preocupava gens.

—Hem de fer alguna cosa aquesta vesprada, vuit dies, ens queden vuit dies...

—Hem de trobar el tros del manuscrit quan més aviat millor. És el nostre pla per poder realitzar el canvi.

—Doncs, per què no busquem a l'església!

—D'acord —diguérem i ens n'anàrem tots units.

El sacerdot no feia mai cara d'estranyat quan es veia aparéixer, sempre ens esperava. Qui sap per què?

—Heu tardat molt, què féieu?

—Estem en un concurs, què no ho saps?

—Ja, bé... no passa res. Però ara haig d'explicar-vos quina tasca teniu cadascú, aquesta és la meua funció principal: Pere, tu has d'anar a Postam, hauràs de lluitar contra la por; David, tu has d'anar a Dabia, hauràs de lluitar contra la guerra.

A cau d'orella ens va explicar el nom real de les ciutats i va continuar:

—Jo aniré a Magda, he de lluitar contra la mort, per ser el més vell. Tinc menys vida a perdre i és el guerrer més dolent; Manel haurà d'anar a Miscle, haurà de lluitar contra la fam.

—Ara cadascú sap on ha d'anar però..., com anirem a aquestes ciutats tan llunyanes? Solament tenim vuit dies per resoldre el problema —preguntí.

—Amb la ment i el cor —va asseverar el sacerdot.

—Veus preparats a aquests xiquets per realitzar aquesta odissea? —va dir el mestre.

—Doncs sí, ells no són només les persones que tu hi veus; tener proesa, fantasia, activitat i decisió. La seua joventut els dóna la capacitat per a realitzar qualsevol cosa per complicada que ens semble.

Pere estava inspirat, tenia un milió de preguntes importants al cap, però sols una li va eixir de la boca:

—Amb la ment i el cor, però com?

—No té més explicació, ni més importància que saber utilitzar tota la capacitat intel·lectual que ens proporcionen els nostres cervells. Com tots sabeu els homes només utilitzem el vint-i-cinc per cent de la massa encefàlica, la resta està dormint, per dir-ho d'alguna manera.

—Aquesta teoria sí que l'havia escoltada a la televisió —va dir Pere.

—Doncs ara aprendreu a utilitzar tot el cervell, igual que fa la vostra guardiana; encara que ella té l'ajuda de la joia i això li permet fer-ho en qüestió de segons, així viatja ràpida pel temps, quasi com un raig.

El rostre del vell es va il·luminar i ens va dir:

—Em dic Enric Blanc —encara no ens havia dit el seu nom— i sóc el president actual dels llibertadors. He buscat el tros de paper que falta al manuscrit durant anys, per no dir durant tota ma vida, ja que aquesta eixa fou la tasca que em deixà marcada el meu predecessor. Però no he pogut trobar-lo perquè faltàveu vosaltres al meu costat.

—Com ho farem?

—Una vegada estem tots els llibertadors junts unirem els nostres intel·lectes i el paper apareixerà a l'instant o el lloc on estiga guardat.

—Val, però hem d'esperar Manel —va dir el mestre—. Encara continua treballant amb el manuscrit a la biblioteca.

—Podríem trucar-li per telèfon per donar-li presses.

—D'acord.

Així que, amb la simple tasca d'una trucada marxàrem a la residència.

Quina fou la nostra sorpresa, quan hi aplegàrem, allí, a la porta, estava parat un taxi. De dins del cotxe baixà el nostre amic Manel.

—Bona nit! —cridàrem tots plens d'alegria.

Abraçades intenses i una nova esperança en els cors...

—Que bé! Estàs ací, ara ja podem unir les forces.

Mentre sopàvem l'informàrem d'alto que havíem esbrinat i Manel ens contà tot el que sabia de nou.

—Els llibres parlen de les ciutats on estan amagats els quatre trossos de la Venus, cadascú en poder d'un guerrer de la congregació.

Ja de matí, en quatre mossos desdejunàrem per anar-nos-en a l'església a corre-cuita.

Manel i Enric Blanc es presentaren; després el sacerdot va indicar al nostre mestre que no podia venir amb nosaltres al lloc on havíem d'anar.

Andrés ho va comprendre i se'n va acomiadar.

—Aneu amb compte xicots.

—Tranquil, ja ens veurem a la nit.

Al final nosaltres quatre vam marxar per l'església al monestir subterrani per continuar parlant en secret. El sacerdot portava la veu cantant:

—Pere, deixa l'ordinador a terra, en qualsevol lloc —li va manar—. Ara anem a realitzar el primer ritual de presentació a la guardiana. Amb aquesta cerimònia oferim les nostres vides per a salvar-la.

El sacerdot marxà cap a un racó on hi havia una tovallola blanca cobrint alguna cosa menuda. Va agafar aquell paquet envoltat de fil i va retornar al centre del claustre —lloc on ens trobàvem—. Començà a parlar en una llengua antiga que no era el llatí mentre passava les mans per damunt del paquet.

Tots miràvem al·lucinats aquella parafernàlia. El lloc amb poca llum convidava a cloure els ulls i escoltar relaxats les paraules de la cerimònia. Quan, de sobte, va fer un crit cap al cel:

—Núria som ací!

Aquelles paraules trencaren la monotonia del moment. Tots teníem la pell de gallina, tots teníem por... doncs ningú no sabia com anava a acabar allò.

El sacerdot va llevar la tovallola i ens ensenyà un calze daurat ple de pedres roges. En concret quatre pedres roges que tenien forma d'ulls.

—Semblen els ulls de la joia —vaig dir.

—Són semblants, però més xicotets. Cadascú de nosaltres ve representat per un ull. Però ara continuem amb la cerimònia on ens passarem el calze ple d'aigua sagrada repetint les paraules que representaven les ciutats.

El sacerdot deia la frase i nosaltres la repetíem:

—Postam, on desapareixerà la por del món —digué Pere.

—Dabia, on desapareixerà la guerra del món —diguí jo.

—Miscle, on desapareixerà la fam del món —digué Manel.

—Magda, on desapareixerà la mort del món —digué finalment el sacerdot.

Després va traure una vareta de sàndal d'una butxaca amagada davall la seua túnica i li va pegar foc. El seu perfum era molt agradable però ens cridà l'atenció el fum roig que desprenia. El fum roig va començar a difuminant-se per tota la cambra i anava introduint-se, poc a poc, en el calze.

—És increïble, qui atrau aquest fum per portarlo dins del calze? —preguntàrem al sacerdot.

El fum era tan intens que quasi ens feia plorar. Però el sacerdot no contestà, ens va fer beure un poc d'aigua del calze amb el fum entrant en el mateix mentre ens mirava molt orgullós. Després la resta de l'aigua que quedava dins la va tirar per damunt de la pedra plana plena de sang.

Tots pensàvem que el ritual no podia ser trencat amb paraules ni preguntes i callàrem.

Una gran força va sorgir de la pedra que ens va fer caure a tots a terra. Una força intensa de llum blanca i encegadora. Al mateix temps, Pere va observar com el seu ordinador també brillava.

—Ah! —va cridar el nostre amic quan l'ordinador es va posar en marxa sense saber per què ni com.

—Què ocorre Pere? Ens faràs eixir el cor per la gola.

—L'aparell té alguna cosa en la seua pantalla, encara no definida.

—Però, això és important?

—Doncs sí, jo no l'he engegat. És com si alguna força més poderosa que la llum haguera actuat al nostre voltant amb la capacitat d'engegar-lo.

—Ja n'hi ha prou, sempre vols fer-te de notar quan portes el teu aparell.

—Però, estàs babau? Que no recordes quan també el teu ordinador feia coses estranyes a ta casa? —em respongué el meu amic.

—Tens raó, deu ser la mateixa energia i nosaltres l'hem creada novament al realitzar el ritual del calze.

Pere mirava obsessionat la pantalla amb el ulls oberts com a plats. Al final va dir:

—Mireu, és un medalló! Què pot significar?

—Bé tranquils, el seu significat és clar —digué el sacerdot: «Ha començat el segon atac per part de la congregació infernal».

—Però, què vols dir?

—Tot és tan semblant i tan contrari en la vida: per al blanc, el negre; per al trèvol, el medalló. Els guerrers fins i tot volen que els identifiquem ràpidament, no volen perdre cap minut. Nosaltres tenim un trèvol marcat en la pell i ells porten cadascú un medalló com aquest.

—Aleshores estan molt segurs que porten avantatge respecte a nosaltres.

Per a mi era molt dura l'experiència que m'havia canviat la forma de viure la vida. Fins i tots estava estupefacte per la culpabilitat de no haver protegit la meua menuda aquella nit tan inoportuna i solitària.

—David no t'angoixes, tot va bé —va dir el sacerdot—. Pere pots aconseguir més informació amb l'ordinador?

—No ho sé, però ara ho comprovaré

Immediatament es ficà a treballar, el temps passava... i nosaltres solament podíem mirar-lo. No gosàvem trencar la seua concentració davant la pantalla.

Pere s'engolia totes les reflexions que anava esbrinant. Fins i tot la seua tensió era tan gran que algunes gotes de suor redolaven per la seua cara aplegant al coll de la camisa. Quasi dues hores va tardar en tornar a dir alguna frase amb sentit. El seu cansament era grandíssim, havia fet un esforç sobrehumà.

—Ja està! He aconseguit parlar amb la menuda.

Tots saltàrem del terra on hi érem asseguts per a anar a veure la pantalla de l'aparell. Quin nervi!

—Explica't!

—Mireu —digué mentre assenyalava amb un dit una mena de poema que provenia de Núria:

Llibertadors, agafeu la sang amb les mans.
Llibertadors, fugiu de combatre amb la sang.
Per la llibertat de la ment.
Un gran pes cobreix les paraules màgiques,
les paraules que obrin la pau eterna.
Llibertadors, agafeu la sang amb les mans.
Llibertadors, fugiu de combatre amb la sang.
Per la llibertat de l'esperit.
Per la nostra llibertat.

—Què vols què fem, germaneta? —vaig dir a mena de súplica.

—Que agafem la sang amb les mans. Per què vol que agafem san? Voldrà que matem algú?

—No pot ser, Núria no és així.

El sacerdot rumiava intensament, estava segur que era un missatge en doble sentit.

—Calleu! I penseu en coses que tinguen sentit real per a nosaltres.

Tots obeírem de colp i volta, qualsevol s'oposava a aquella veu tan dura i serena que naixia de l'ancià.

I tots a pensar en silenci. El temps tornava a passar de nou entre les nostres vides lentament.

—Perdona'm David —va dir Manel.

—Per què t'haig de perdonar?

—Per pensar que Núria s'ha tornat boja amb tanta tensió. És tan clara que em fa vergonya reconèixer la nostra pobresa mental al seu costat.

Un pressentiment detingué la paraula a la boca. La paraula equivocada per deixar nàixer la correcta:

—La pedra ens parla de la pedra, veritat Manel?

Manel començà a repetir les frases:

Llibertadors, agafeu la sang amb les mans.
Un gran pes cobreix les paraules màgiques,
les paraules que obrin la pau eterna.

Mentre, tots acudírem alhora al voltant de la pedra plana plena de sang que es trobava a un costat del claustre.

—Aquesta pedra va participar del ritual de creació de la Venus al paleolític. Hem d'agafar-la i alçar-la, ja veurem què ocorre...

Les paraules de David ens esborronaren a la resta dels companys.

—Doncs, alcem-la entre tots —manà Pere.

Cadascú de nosaltres col·locà les mans damunt la pedra per realitzar l'esforç comú de moure-la.

—U, dos i... tres

Un únic moviment ens fou suficient per alçar la pedra cap al cel i col·locar-la en altre lloc.

Tots vam percebre que estava posseïda per un misteri molt important. La nostra força real era ridícula en comparació al pes de la pedra, però la nostra força conjunta era insuperable. I així va ser.

Després de llevar-la del lloc començarem a observar la figura marcada pel pes en la terra humida. Allí estava davant de nosaltres una caixeta de nacre enfonsada en la terra.

—Obrim-la —parlàrem tots a la vegada.

La sorpresa fou tan grata que ploràrem d'alegria. Dins estava el tros de paper amb les paraules per completar el manuscrit original. Aquell tros que ara havíem d'oferir als contraris a canvi de Núria.

—M'enduc el paper, demà continuarem —digué el sacerdot que ho controlava tot de nou.

El mestre ens esperava ansiós per conéixer tot allò que havia passat. I, com era el nostre costum, entre tots li explicàrem el que havíem viscut.

A més a més jo també vaig explicar a tots el somni del venedor d'espècies.

Segons el llibre que havia traduït Manel, al trosset de paper que ara teníem en el nostre poder estaven escrites les paraules que convertirien el guardià del present en una flama blava plena de poder per als contraris, que omplirien així la piràmide del mal.

El compte enrere continuava..., el temps ens apurava en el nostre quefer.

Encara no havíem acabat de desdejunar quan rebérem una visita inesperada, el sacerdot entrava per la porta del menjador.

—Bon dia!

—Vols un cafè? —preguntaren els mestres.

—Gràcies, no. Bon profit! Quan acabeu, marxarem a un altre lloc. És urgent.

Així doncs, acabàrem ràpidament el desdejuni i marxarem amb el sacerdot.

Andrés va anar cap a la taula del seu company i li va explicar alguna treta més o menys creïble per trobar unes hores d'esplai per a tots.

Els comentaris dels nostres companys eren plens d'incredulitat. Què feia un sacerdot amb nosaltres aquell matí?

—No patiu per les xafarderies, ja he pensat en una cosa coherent —va dir el mestre.

Però no ens ho va contar. No era importànt per a nosaltres.

El sacerdot, aquesta vegada, caminava cap a una casona envellida i plena de plantes trepadores que cobrien les parets fetes de pedres enormes. Després d'entrar dins del passadís entre la muralla i la casa vérem l'entrada. Amb una clau enorme va obrir una

portota que quasi no podíem entre tots moure-la.

Quan entraren la primera impressió fou d'abatiment, tot estava emblanquit per la pols; tanmateix la poca llum que entrava per les escletxes de les finestres la feia tètrica. Dins de la casa hi havia uns mobles coberts amb llençols, també molt antics.

Amb gran parsimònia Enric ens ensenyà aquell lloc com si fóra la casa més interessant que podíem accedir a veure, encara no sabíem per què.

Finalment entràrem en el que semblava una sala de reunions. Era un lloc acollidor i representatiu de l'època visigoda.

—Aquesta casa té moltíssims anys! —exclamàrem al·lucinats.

—Aquest era el lloc de reunió de l'assemblea dels llibertadors.

Ara ja començava a tenir un poc de sentit la nostra presència allí però:

—Què fem ací? —preguntí.

—Repartir-nos les tasques per a començar la batalla, el temps s'acaba.

—Però... hem d'estar ací? Està tot brut!

—La primera tasca que farem serà netejar-ho tot i després començar altres coses més interessants.

La casa tenia al seu interior un jardí monumental amb un arbre carregat de generacions i generacions. La seua fusta parlava de la seua vida.

Totes les cambres tenien un palanquí cobert de teles daurades i roges i algunes parets estaven folrades de sedes i brocats molt cridaners.

La neteja fou intensa i, al cap de dues hores de lluitar contra la pols i la immundícia, tot estava enllestit.

El sacerdot ens va portar a la sala de reunions. Allí hi havia les cadires justes per als quatre llibertadors i la guardiana. Cada cadira tenia un símbol diferent perquè cada cadira tenia un persona adjudicada.

—Andrés com veus, has de tornar a deixar-me els teus alumnes. Als rituals que hem de desenvolupar solament poden assistir les persones implicades, perdona. Les cadires parlen per mi.

—No passa res, comprenc la vostra situació, però si en algun moment necessiteu la meua ajuda no dubteu a cridar-me.

—Gràcies de nou.

—Bé, jo cobriré les vostres espatlles. Ja m'inventaré alguna història en la residència, perquè supose que no podreu vindre a fer les menjades que pertoquen —digué i se n'anà tranquil·lament.

El sacerdot ens indicà a cadascú la cadira on havíem d'asseure'ns.

Al centre de la taula estava col·locada la cadira de la meua germana. La taula tenia forma de mitja lluna.

Una vegada tots asseguts a la seua cadira, el sacerdot col·locà el tros de paper damunt del seient de la cadira de la guardiana i ell anà a la seua pròpia.

De nou va venir a mi el somni del venedor d'herbes aromàtiques.

Encara no li havia contat al sacerdot allò que havia esbrinat. No volia deixar cap inquietud solta dins meu, totes les coses tenien relació i ell sabria completar segurament les meues explicacions. Per això li preguntí:

—Al primer ritual ens vas fer beure a tots, tu inclòs, l'aigua del calze on entrava un fum roig d'una fusta de sàndal que vas cremar.

—Sí, i què vols saber al respecte?

—El poder del fum, el veritable poder d'aquella fusteta.

—En algun moment els guerrers de la congregació poden utilitzar un perfum que pot anul·lar les ments, per al qual cadascú de vosaltres ja teniu immunitat; en cas que es vegeu en aquesta situació, no vos anul·larà els pensaments. El que ocorre és que, segons una llegenda que passa de generació en generació de llibertadors, la destrucció dels guerrers pot ocasionar la nostra pròpia, poden convertir-se en un grat perfum roig i jo pretenia protegir-vos.

—Això fins al moment final no ho sabrem, no?

—Val, no ens angoixem, els nostres avantpassats han anat solucionant tots els problemes fins a l'actualitat —va dir.

8

Viatge a Postam, Dabia i Miscle

Tots ens miràvem plens d'entusiasme i de por.

—Bé, ara cadascú de nosaltres començarà la búsqueda en la ciutat en la qual està el seu guerrer.

—Com hi anirem?

—Com sempre —va dir sense cap explicació més.

A continuació, va traure una llibreta de la bossa que portava i un llapis per a cadascú. Començà a arrancar tres fulls i els va repartir.

—Escriviu al paper on voleu ser. I la data en què ocorrerà el viatge; després agafeu el paper entre les mans, tanqueu els ulls... i viatjareu al lloc desitjat.

Això era el ritual d'aprenentatge de la meua germana. El iaio Pep li ho va explicar per ensenyar-la a viatjar pel temps.

—Entre els ulls de la joia i els menuts de la caixa de nacre no hi ha moltes diferències. Escolteu les situacions de risc de cada ciutat al llarg del temps, que les heu de tenir en compte per no repetir-les. Cada guerrer té previst fomentar una catàstrofe d'enormes proporcions al voltant de la ciutat on viu per evitar l'enfrontament mental amb el llibertador corresponent en cas de no poder guanyar la batalla: Postam va ser inundada per les aigües gelades d'un glacial durant anys. La seua gent va fugir durant molt de temps a un lloc més segur i després, poc a poc, va tornar. Podria repetir-se de nou; Dabia, en aquests moments, té dalt d'ella un forat tan gran a la capa d'ozó que prompte serà cremada pel Sol junt a tots els seus éssers vius que l'habiten; Miscle és el pulmó d'oxigen de la Terra on cada vegada és mes important la tala d'arbres, la seua pèrdua intensificada provocaria l'asfíxia dels éssers vius per falta d'oxigen a la resta del món; Magda que, com ja sabeu, és aquest poble contínuament assotat per terratrèmols. Jo protegiré amb la meua vida el tros de paper.

—Estem preparats —va dir Manel.

—Ara heu d'escriure la mateixa frase del primer ritual conjunt, la data de viatge serà el set d'abril de 2007. Cadascú ha d'escriure la seua.

—Postam, set d'abril de 2007, on desapareixerà la por del món —escrigué Pere.

Manel i jo férem el mateix amb els nostres papers.

Finalment, agafàrem el paper entre les mans, tancàrem els ulls... i viatjàrem al lloc desitjat.

Un silenci va omplir la sala, tothom va quedar inert excepte el sacerdot. Ell ja estava a la seua ciutat. La resta de llibertadors teníem la cara emblanquida i el pols reduït a la mínima essència del ritme d'un cos viu. Allí, en aquelles cadires dures, començà el primer viatge al futur per a tres llibertadors davall el control i l'ajuda d'un home bo.

Pere no viatjà en solitari a la ciutat de Postam, el seu aparell anava amb ell.

Era una ciutat envoltada de muntanyes glaçades plenes d'escletxes a punt de trencar-se en qualsevol instant. No sabia cap a on caminar. Les cases eren de fusta i estaven tan cobertes de neu que semblaven núvols del cel plantats a la terra. Era un medi hostil i perillós. Confús mirà al seu voltant; intentava comprendre que hi havia passat en pocs moments.

—Ei! Xicot estàs bé?

A Pere li costà recobrar la naturalitat de l'edat, el fred li impedia pensar amb coherència.

—Qui em parla?

—Jo —contestà un xic mirant per una finestra. Era un xicot eixerit i amb cara de valent.

—Vols prendre un got de llet calenta? —li preguntà.

—Doncs, sí.

La paraula llet havia fet que Pere reaccionara immediatament.

És presentaren els dos xicots, i parlaven com si foren amics de tota la vida. Pere ja tenia la llet calenta a les mans i un nou amic amb qui confiar.

—M'ha vingut molt bé! Estava mort de fred. Gràcies —li va dir.

—És que no portes roba apropiada. En aquest lloc sempre tenim el mateix oratge antàrtic. Què fas ací i d'on ixes? Ara no hi ha cap expedició a la zona.

—Solament busque una persona.

—Qui és?

—No sé el seu nom, ni si és home o dona, però sé que porta al damunt un medalló com aquest —li contestà Pere mentre engegava l'ordinador per mostrar el dibuix de la pantalla.

El medalló ara brillava més que mai.

Encara no havia acabat de mostrar-lo quan la cara del xic va canviar de color. Després va fer un pas enrere.

—Estàs boig, busques Güntz, això... no et fa por?

—Com sap tu aquest nom? Estic al·lucinat.

—No solament jo sé qui és, sinó totes les persones d'aquesta ciutat i les del voltant. És l'amo de la ciutat i la persona més dolenta que mai no hem conegut. Ets amic d'ell —preguntà recelós.

—No, tot el contrari. Vinc a donar-li, si puc, la mort.

Aquelles paraules impressionaren el xiquet, ell li tenia tanta por que no imaginava que cap persona poguera plantejar-se matar-lo cara a cara.

—Puc ajudar-te, però he de fer unes preguntes discretes pel barri. No cal cridar massa l'atenció.

—Pots anar-te'n tranquil mentre jo manipule l'ordinador. Necessite saber més coses d'aquest entorn.

No sabia quant de temps havia passat quan el xiquet va venir de nou.

—Mira quin ajudant ha vingut a veure't —va dir assenyalant un enorme gos polar blanc com la mateixa neu. Era tan gran que segurament pesaria cent quilos, més o menys.

—És preciós. Però, per a què el necessite?

—Si vols veure Güntz, has d'anar a la muntanya del gel, a dotze quilòmetres d'ací. El viatge és molt llarg i dur, la neu cau contínuament i congela els músculs dels cos, Floc de neu, així es diu el gos, et portarà, ell sap el camí. Aquest animal és l'encarregat de portar-li els queviures; quan vol alguna cosa de la ciutat ve l'animal amb un paper i nosaltres li enviem tot allò que necessita. Ho preferim, ningú no el vol veure per ací.

—D'acord així ho faré.

—Ei! Et donaré un abric de pell i un barret. Ací fa molt de fred.

La gent de la ciutat preparava una gran càrrega de queviures per a Güntz.

Floc de Neu estava lligat a un carro bastant gran ple de fardells embolicats amb plàstics per evitar que la neu mullara el seu interior.

—Adéu amics!

El gos caminà i corregué sense descansar fins aplegar a la muntanya desitjada.

—Com pot viure la por a un lloc tan màgic? —pronuncià en veu alta.

Pere s'adonà que aquell era el dia de la gran batalla. Una por desconeguda per a ell li ofegava els pulmons, li cremava la pell.

—Sóc ací Güntz, i tinc el tros de paper que li falta al manuscrit inicial —cridà a veu de pulmó obert.

A l'instant es va fer sentir amb un tro que va fer tremolar la muntanya, enmig del vent glaçat. Poc a poc, els trossos de gel anaven desprenent-se cap a terra; el gel es trencava en milers de cristalls brillants i feridors a la vista.

Des d'aquella pluja de cristall va sorgir la figura de Güntz, un home rígid i poderós.

—Estàs ací, i en lloc d'atacar-me em dius que tens el tros de paper. Estic impressionat, què vols que faça ara amb tu?

—No res, tu decideixes què fer. Jo vull fer un canvi, Núria pel tros de paper del manuscrit, sense el qual no pots completar el ritual final.

—Ja, i penses que acceptaré un canvi ridícul?

—No sé què decidiràs, però el primer guerrer que accepte la proposta obtindrà tot el poder.

—Així no és, perquè... si et done la xiqueta tampoc podré fer el ritual.

—En l'actualitat no, si tens paraula per complir-la, però jo no et dic res del pròxim guardià. Recorda que les paraules escrites al tros del paper són les úniques per convertir el guardià en la flama blava.

Aquelles paraules, amb doble intenció, començaven a fer l'efecte desitjat.

—Només hauries d'esperar la mort de Núria i realitzar el ritual amb el nou guardià. Jo no interferiré —vaig dir per fer-lo dubtar.

—D'acord, dia i lloc —digué segur Güntz.

—A Magda, al monestir, d'ací quatre dies.

El pacte estava fet, ja parlaria el temps.

A la casona, Pere despertava de nou poc a poc. El sacerdot estava al seu costat.

—Sóc el primer a tornar?

—Sí, benvingut —i li va fer una abraçada intensa.

A la ciutat de Dabia, quan vaig obrir els ulls, els rajos del Sol entraven en l'espai trepitjant tot allò que estava al seu camí. El forat d'ozó era tan gran que fins i tot es podia apreciar cap on anava cada raig. Tots els éssers vius estaven mig ofegats i cremats.

La destrucció de la zona quasi era total. Alguns animals i plantes ja havien mort perquè eren xicotets i tenien poca resistència a la voracitat solar. Els seus cadàvers cobrien els camins que ara passejava pausadament.

Notava la cara roja i tensa com si el foc la cremara directament.

Havia de protegir-me d'aquella llum tan intensa, així que vaig decidir esperar la nit per caminar cap algun lloc. Quina va ser la meua sorpresa quan vaig descobrir un forat al terra al cap d'uns metres de caminar. Era una mena de cova subterrània. Quan em vaig apropar vaig veure unes escalinates fetes de fusta per poder entrar-hi més còmodament.

—Qui ha fet aquest amagatall? —vaig tornar a dir en veu alta.

A l'instant la pregunta fou contestada, perquè quan acabí d'entrar dins vaig veure un grapat de persones també amagades del Sol.

—Qui ets tu foraster? —preguntaren amb un to de veu desagradable.

—Sóc David —diguí, atabalat per les seues mirades.

—Què fas ací i d'on ixes? —continuava l'interrogatori amb recel cap a la meua persona.

—Solament busque en aquest indret una persona que porta al damunt un medalló.

Al moment vaig agafar el paper on abans m'havia dibuixat el medalló i els el vaig ensenyar a tots.

Totes les persones es miraren entre elles, i el que semblava el portaveu em digué:

—Mindel, l'home dolent, és la persona que porta aquest medalló. Estàs segur què vols veure'l? —preguntaren entre somriures i ganyotes.

—És part del meu futur. On el puc trobar?

—Al zenit del migdia sempre està a la plaça major de la seua ciutat. Allí dóna les gràcies al Sol pel poder que li regala cada dia; Mindel no es crema la pell, no té la nostra sensibilitat.

—Doncs al zenit del migdia, allí també estaré jo esperant-lo per matar-lo —asseguri.

Una xica més o menys de la meua edat em va dir:

—Jo t'acompanyaré per a què no perdes ni un minut en la teua tasca.

Cap adult la va contradir i jo vaig seure cansat damunt d'un pilar de maons a un costat obscur i fresc.

Quan la xica va dir que era l'hora de sortir cap a la ciutat ho férem entre les mirades indecises de la gent.

El camí era tèrbol, doncs totes les plantes i arbustos sofrien l'assot del Sol sense poder defensar-se. El caminar era una pròpia angúnia.

—Has estat bona persona! —vaig dir-li—. Atrevida— vaig completar.

—No tant, si no és per tu ens hauríem mort els uns als altres; ja no podíem suportar més estar amagats del Sol durant tants dies sense una esperança clara.

Al cap d'una llarga estona de temps pressentia que estàvem arribant al lloc assenyalat i així va ser. La cara de la xica canvià d'expressió, ara era d'intensa por; fins i tot va caure a terra de genolls.

—Xiqueta, què t'ha passat?

—Que he vist...

No va poder acabar la frase, Mindel estava mirant-nos des del centre de la plaça on acabàvem d'entrar. Caminava amb el medalló a la mà i li donava voltes com si fos una joguina.

—Estàs dissimulant? —vaig preguntar atrevit.

—Doncs, per què ho hauria de fer?

—Vinc a donar-te la mort o...

—O què? —va dir fent un somriure intens i fort, a mena de burla.

—Jo vull fer un canvi, Núria pel tros de paper que falta al manuscrit del ritual final.

—Ja però... també necessite la teua germana per al ritual final.

—Tu decideixes, no pots completar el ritual final sense les paraules escrites en aquest tros.

—Ja, penses que vaig a confiar en un llibertador?

—No sé què decidiràs, però el primer guerrer que accepte la proposta obtindrà tot el poder absolut. Tu sabràs si els teus companys són de fiar.

—Això és relatiu, doncs si et done la xiqueta tampoc no podré fer el ritual final.

—Tens raó, no ets cap estúpid. En l'actualitat no, però sí amb el pròxim guardià.

Aquelles paraules tornaren a fer l'efecte esperat. Fer dubtar... fer dubtar el guerrer a favor de la guardiana.

—D'acord, dia i lloc —digué Mindel.

—A Magda, al monestir, d'ací dos dies.

El pacte estava fet, la guerra l'havia acceptat; ara el bé hauria de guanyar al mal... Ja parlaria el temps...

Poc a poc jo obria els ulls a la sala de reunió dels llibertadors. Enric i Pere em miraven estupefactes.

La ciutat de Miscle era rodejada per gran quantitat d'arbres. Era el vertader pulmó de la Terra. Quan Manel va obrir els ulls i va observar tota aquella meravella de la natura, quasi va plorar.

Manel pensava observant tot el que l'envoltava que ell era insignificant, davant d'un món tan perfecte... però prompte uns colps el van fer tornar a la realitat.

—Què és aquest soroll tan estrident? —preguntà.

Començà a caminar cap al lloc d'on venien el colps. Allí hi havia una gran esplanada increïble plena d'arbres talats; tots aquells arbres tan magnífics dormien per a sempre en terra sense cap trellat.

—Com podeu ser tan criminals! —cridà amb el pulmó ple de ràbia a un grup d'homes que feien la feina de talar-los.

Aquelles persones començaren a astorar-se pel crit escoltat.

—Qui ets tu, imbècil? Què vols de nosaltres?

—Que pareu de matar arbres, quin mal vos fan?

—Nosaltres sols treballem, hem de menjar. Però... tu qui ets?

—Sóc Manel i busque una persona.

—Qui és?

—No sé el seu nom, però sé que porta al damunt un medalló molt antic.

I els va dibuixar al terra, amb un tros de fusta, més o menys les característiques del medalló.

Totes les persones allí presents es miraren entre elles i pronunciaren a la vegada:

—És Würm, l'amo de l'arbre estel·lar.

—Canvia't i vés-te'n amb ell —manà el cap a una persona del grup.

—Per què jo? —reclamà.

—En lloc de fer les guàrdies t'has adormit i mira qui ens ha caigut del cel —assenyalà Manel.

Aquella persona de mala gana acceptà el manament.

—Però, on anem? —va preguntar Manel.

—Al gran arbre, allí viu Würm —li digué el cap.

No tenia res més d'on agafar-se, així que va acceptar l'ajuda d'aquelles persones, per cert poc agradables.

Prompte caminaven pel mig d'un bosc intens. L'home que li feia companyia no era massa parlador.

—Quants dies hem de dedicar a aquesta empresa de trobar a Würm?

—Tres dies —contestà sense ganes aquella ànima penedida.

Manel caminava apesarat, era un observador de la quantitat de vida que hi havia a tot arreu. Les sensacions que transmetien eren intenses. Tal vegada havia dedicat massa temps de la seua vida a estudiar llibres vells i no havia apreciat els colors, la frescura de la humitat, els càntics dels ocells; aquell bosc que tenia al seu abast li obria la porta al món de les fragàncies, del calor i de la vida en general.

Al tercer dia, quan van despertar, tot el bosc havia emmudit. Aquell silenci anormal els ficà sobre avís que alguna cosa no anava bé. Solament faltaven quatre branques per descobrir al seu davant l'arbre gran; tan enorme era que semblava tocar el cel amb la seua fi.

—Vés-te'n a casa, ara ja em toca a mi solucionar el problema —digué Manel.

Ara Manel era sol davant del futur. Encara no havia mogut cap múscul del cos quan aparegué d'una escletxa de l'arbre —devia ser la porta— Würm, el guerrer de la fam. Manel estava suant i les cames li tremolaven, era conscient que els seus titubejos li estaven fent perdre el temps que no tenia a la seua disponibilitat. A més, demostraven inseguretat, així que és disposà a trampejar la situació.

Els dos contraris se saludaren cortesament, inclinant els dorsos cap endavant i començaren la lluita mental sense moure cap múscul del cos; els pensaments fluïen ràpids. Finalment parlà Manel:

—Würm, et porte un tracte. Vinga! Digues alguna cosa. Tens por?

—Quin tracte? —es dignà a contestar.

—Jo vull fer un canvi: la guardiana pel tros de paper que falta al manuscrit del ritual final.

—Ja, però... nosaltres també necessitem Núria per al ritual final.

—Vosaltres... parles d'un conjunt que no és fiable, tu decideixes, no podeu completar el ritual final sense les paraules escrites al tros de paper. Què et sembla el meu pla?

—No és l'única possibilitat, l'altra és eliminar-te.

—És clar, però... i què soluciones amb això? Jo sóc un passaport per a saber que han decidit els teus companys. Qui sap... no sé què decidiràs, però el primer guerrer que accepte la proposta obtindrà tot el poder absolut.

Poc a poc el tracte evolucionà amb la mateixa simplesa que amb la resta del guerrers; al final sempre apareixien les paraules:

—A Magda, al monestir, demà a la nit —digué Manel.

Al cap d'un instant Manel estava de nou en aquell ambient tan entranyable per a ell, la sala de reunions dels llibertadors.

—Has tardat molt, han passat quasi quatre dies. Pensàvem que ja no tornaves.

—Ens queden solament unes curtes hores per a preparar l'engany definitiu al monestir —va dir el sacerdot.

—Endavant, anem-nos-en. Els minuts són la vida de la meua germana i demà a la nit seran tots ací.

Moguts per un mateix ressort, tots ens posàrem dempeus i començàrem a eixir atropelladament de la casona cap al monestir.

El sacerdot estava capficat, Pere va pensar que el que li preocupava en aquests moments era com tornar a enganyar els guerres de la congregació infernal, perquè era una tasca poc senzilla.

9

L'ÚLTIM RITUAL

Ens quedava un dia per a solucionar com organitzar l'últim enfrontament conjunt contra els guerrers de la congregació.

Tots havíem quedat citats amb els contraris al monestir el mateix dia, però sense hores definides.

Ningú de tots nosaltres sabia quin de tots els guerrers era el més atrevit per agafar la guardiana i fer el canvi que era l'únic canvi que realment es podia fer, donat que no hi havien quatre guardianes i tampoc quatre parerets originals.

El primer de tots els guerrers seria aquell que aconseguiria el tros de manuscrit, però també aquell que s'enfrontaria amb tots nosaltres a la vegada.

Quan aplegàrem al monestir el sacerdot estava fred com el gel i blanc com la pròpia neu; al final va trobar les paraules per a recordar-nos una realitat:

—Bé ara em toca a mi controlar el guerrer de la mort. Aquesta és el més perillós dels quatre.

Després d'escoltar aquelles paraules comprenia que res era fàcil.

Ell no havia pogut lluitar encara amb el guerrer de la mort. La pregunta era: «Com podíem controlar aquesta nova situació plantejada?»

—On està?

—Ací, com ja sabeu, Magda és aquest poble. Ell està ací, Riss que així l'anomenava la història, viu ací... prop de mi.

—Què vas a fer?

—El mateix que vosaltres, enganyar-lo.

—Sí. Però, com?

—Encara no ho sé. Doncs supose que si la cassoleta de protecció està ací, ell és l'encarregat de vigilar Núria.

—Pla d'atac —va dir Pere directe a l'acció.

—Primer esbrinaré qui és, doncs en tant de temps que porte vivint en aquest poble, sofrint els seus terratrèmols, no tinc clar quina persona de totes pot ser Riss. Els dos portem molts anys a l'aguait de les nostres accions, però no tinc res en clar.

—No hi ha cap problema, el futur ens estima —vaig dir segur de les paraules.

—Estàs boig? Què significa el que acabes de dir?

—Bé, els seus amics vindran d'ací unes hores; ells, a la desesperada, el faran eixir del seu amagatall si volen agafar-li la menuda.

—Tens raó.

Però el sacerdot continuava capficat, tenia por del final. Tenia pànic que alguna cosa no funcionara com devia.

Jo estava tan segur de tot que vaig agafar les mans d'aquella persona tan major, amb tantes responsabilitats damunt de les espatlles, i les vaig besar.

—Tot va bé, no tingues por. Si abans tu confiaves en nosaltres, ara nosaltres confiem en tu.

—Ets genial, som realment una assemblea, estem totalment compenetrats —va dir Manel.

El sacerdot ens va mirar, unes llàgrimes omplien els seus xicotes ulls; encara que dèbil per la situació de lluitar tot sol, estava orgullós de tots nosaltres.

—Esteu cansats, tots a dormir. Demà de matí acudiu a l'església a les deu del matí, per fer un pla viable.

Quan obrírem la porta de la residència tot el món del seu interior es posà a aplaudir. Després ens feien abraçades, era tota una grata confusió.

—Però, què passa? —preguntàrem finalment.

Ningú de nosaltres tres enteníem de què anava tot allò, i callàrem per no ficar la pota fins als nassos.

Què hauria dit Andrés de nosaltres per a poder desaparéixer tants dies de la residència?

Mentre tots es feien aquesta pregunta mentalment, va aparéixer Andrés també felicitant-nos d'allò més content.

—Què passà, estàs boig? —vaig preguntar baixet.

—Calla, després us ho explique.

Quan tot es va calmar, Andrés, el mestre que ens tenia guardades les espatlles, ens va explicar que havia inventat una història d'ajuda humanitària. Havia contat a tots que havíem anat junt al sacerdot del poble a donar sang a un grup de persones en perill de mort.

—Però, què ha dit el teu company? La competició ha prosseguit sense nosaltres?

—Vaja, quina merda d'excursió! —va dir—. Primer ens desapareix una xiqueta de colp i volta; i després dos alumnes més i un major se'n van a un poble a donar sang a gent que no coneixen de res.

—Què li vares contestar?

—Tens raó. Però què volies que fera? Que li diguera que no al sacerdot? Mira relaxa't, ja veuràs com la resta dels alumnes trauen forces de dins per lluitar contra el vent amb menys gent. Tranquil ja veuràs com no ens desclassificaran.

La contestació era tan estúpida que tots ens posàrem a riure.

—Bé, estem classificats?

—Sí, anem els últims però hem passat a la cursa final i, a més, tenim tots dos dies lliures per a descansar.

—Ens vindran bé, així no haurem d'inventar noves explicacions en cas d'haver de tornar a anar-nos-en —va dir Pere.

Tot estava ja més tranquil. Mentre sopàvem detallàrem tot allò que ens havia passat al nostre amic Andrés.

—Em feu un poc d'enveja, però cadascú té un paper en la vida —va dir resignat—. Demà puc anar amb vosaltres?

—Crec que no deus.

—Altra mentida per al meu company, acabarà més embolicat que una maroma del nostre vaixell.

Tots ens vam riure una altra vegada.

La una, les dues, les tres... totes les hores del rellotge eren comptades per mi. No podia dormir. «Núria on estàs? Fa tants dies que no et veig». Pensava en el moment que uns colps sonaven en la meua porta.

—Qui és?

—El conserge. Tinc una carta per a tu, és important.

A corre-cuita vaig obrir la porta ple d'ansietat.

—És tard, perdona, però m'han dit que és molt important —va aclarir.

—Gràcies, tot està bé, no patisques per l'hora.

Quan vaig tancar la porta tot jo era un sac de creïlles, pesat i sense lucidesa. Amb quatre moviments vaig trencar el sobre.

Per a David:

No podem esperar a demà a les deu, la teua germana està en greu perill. Tots els guerres ja estan a Magda. No sé si per agafar individualment Núria per fer el canvi o perquè ells sospiten de la nostra treta.

Acudeix ara mateix a l'església. T'espere.

Enric

«Ara què faig? Vaig sol com diu la carta o, en canvi, desperte els meus companys?» Era un gran dilema per a mi.

«David, dedueix». Vaig manar al meu cervell: «primer el sacerdot, que és molt intel·ligent, si no demana cap ajuda més, aleshores serà que no fa falta; segon estem tots tan cansats què quasi serà millor que els deixe dormir unes hores més, així, demà seran més forts. Ja està deixaré la carta al conserge i a les sis del matí que desperte Manel, ell sabrà què fer amb la nova situació».

Pensat i fet, em vaig vestir a les tres i mitja de la nit per marxar a l'església i vaig deixar la carta oberta a consergeria.

—Per favor pots avisar Manel a les sis que he rebut aquesta carta?

—És clar, per això estic jo ací, per servir qualsevol demanda.

—Gràcies, diga-li-ho, és molt important.

La nit era molt freda i obscura, fins i tot em feia por caminar costera amunt buscant l'església. Quan vaig aplegar la porta era oberta de bat a bat. Un pressentiment va omplir la meua ment, millor en companyia que sol, però ara ja era tard.

Vaig entrar pausadament... no hi havia ningú, però no vaig cridar per si de cas.

Al cap d'una estona vaig descobrir un paper damunt d'un seient; estava ple d'explicacions i una clau. El sacerdot em detallava què havia de fer, a més a més signava el paper com el llibertador de la mort. Seguint les indicacions vaig obrir una porta ubicada al menjador; després caminí per un llarg passadís fins veure un llum. Avançava amb lentitud i precaució, fins i tot amb por... arrossegant-me per la paret. Al final del passadís vaig descobrir el sacerdot lligat amb unes cadenes de ferro a una mena de roda de fusta. No hi havia ningú més, però jo per si de cas continuava caminant amb lentitud cap a ell.

Quan el sacerdot va obrir els ulls i va descobrir la meua presència va fer un somriure patètic:

—David! —m'aclamà amb els ulls plens d'amargor i amb un cor vençut.

Jo immediatament vaig reaccionar:

—Ja estic ací. Què ha passat? —mentre parlava intentava llevar-li les cadenes de les mans i relaxar-li la tensió sanguínia; tenia fins i tot les mans morades.

—Han vingut tots a la vegada. Són espavilats i ja havien deduït que els teníem preparada una enganyifa. Volien el paper abans de la cita.

—Però... tu has aguantat, no?

—No exactament... —començà a tremolar-li tot el cos.

—No... vols dir? —m'esbalaïa per moments—. Aleshores ho tenen tot, la guardiana i el paper?

En aquell moment quasi em posí a plorar com un nadó.

—No, calmat. He patit aquest intent de segrest perquè volien gaudir d'una informació privilegiada, les paraules del paper, abans del dia pactat amb nosaltres. Però jo havia fet un canvi a la caixeta de nacre. Aleshores no tenen res més que una possible confusió final.

—Tenen una veritat a mitges i nosaltres unes poques hores per solucionar el nou problema

Poc a poc havia deslligat el sacerdot. Entre unes coses i altres ja eren les cinc de la nit.

—Anem al menjador, allí ens farem un café i

continuarem amb el teu pla. Supose que tens alguna idea sobre allò que hem de fer, doncs si canviares el paper serià per alguna raó.

Amb moviments xicotets anàvem desplaçant-nos. El sacerdot no podia quasi amb la seua pell. El cafè calent començava a calmar les nostres esperances.

—Què fem ara?

—Baixar al monestir, estan allí fent el ritual final. És el lloc que indica el manuscrit. El passadís subterrani que uneix els dos edificis portarà l'energia provocada per la unió de les quatres peces de la Venus cap a l'església i convertirà la guardiana en una flama blava real, quedant ubicada al centre de la cúpula.

Un sobresalt va trencar el meu cor, la pedra amb sang estava allí...

—La pedra és part del ritual?

—Sí clar, ara voldran repetir el ritual del paleolític amb les paraules que porten escrites i la teua germana.

—Volen assassinar-la?

—Sí, però no permetes que això t'afligisca, doncs no podràs ajudar-la si no ets capaç de reaccionar amb correcció. Recorda les paraules trencaran la cassoleta i la guardiana perdrà la seua protecció.

—Però... tu no m'has dit que no tenen el paper original? —li recordí apesarat.

—Així és, però solament he realitzat un xicotet canvi, cal enganyar a mitges veritats per guanyar temps.

Com si tinguera un coet al cul vaig fer un bot. No podia acabar el café ni esperar que Enric recuperés les forces de la seua lluita contra tots.

—He de marxar. Com no confiava amb les nostres forces he deixat la teua carta al conserge, a les sis del matí despertarà Manel. Així que, segurament, d'ací una estoneta estaran tots amb tu.

—Bona idea xicot, però ara vés a interrompre el ritual; després ja parlarem detalladament de tot.

—Estàs segur que hi haurà un després?

—Sí, jo sóc vell, però veig en tu tota la força de l'estima. Cap persona d'aquest món ni d'altre podria impedir-te salvar la teua germana.

Aquelles paraules van reomplir les meues il·lusions de nou, un poc trencades pels últims esdeveniments.

—Adéu, després parlem. He de seguir el rastre de Núria

Vaig córrer com si el dimoni estirés de les meus cames per anar el més aviat possible al monestir subterrani. Al cap d'una estona escoltava ja algunes paraules del seu interior. Però no podia entendre què deien, perquè aquell era llenguatge antic. Això sí, comencí a caminar sense fer cap soroll.

Cap persona podia sospitar que jo era allí tan prompte.

—Açò és la reproducció d'una mala pel·lícula —vaig dir molt baix per a relaxar els nervis. Si no m'ho planteava així acabaria destrossat i no podria ajudar la menuda.

Per fi, arribí al claustre. La llum era com sempre, difusa, i jo estava amagat darrere d'un pilar. Els quatre guerrers estaven vestits amb unes túniques brocades de pedres i or. També portaven una caputxa que els tapava mitja cara. Però Núria no hi era amb ells.

La pedra ara era enmig de la sala. Els guerrers feien voltes al voltant de la mateixa. I jo, allí amagat, presenciava un ritual secret al qual no eren admesos sinó un curt nombre d'elegits —els quatre guerrers de la congregació i una guardiana—. Aquella situació em protegia per un temps.

En un determinat moment tots s'inclinaren cap a una de les parets i un soroll estrident acompanyat d'un tremolor fort de la terra feren que la paret es trenqués en dos meitats. Com si l'esdeveniment fóra normal els quatres guerrers començaren a llevar pedres de la paret i, mira per a on, allí teníem amagada la meua germana. La menuda estava mig inconscient.

—Açò és la reproducció d'una mala pel·lícula —vaig tornar a repetir-me mentre mirava el rellotge. Les sis, ara estaran despertant Manel, prompte tothom serà ací.

La menuda estava molt ben custodiada dinas d'un potencial energètic dolent. L'espectre del mal estava enutjat i el claustre era ple de tenebres, de penúries i de mals pensaments de mort...

Per a mi aquell no era un escenari neutral, la seua llum em feia sentir a soles. Tenien a les seues mans, i sense saber-ho, també la meua vida en el cor de la guardiana.

El silenci que regnava era aterridor. Per res del món em volia perdre el fil del ritual i perdre de vista la meua germana. Entre els quatre guerrers agafaren la menuda i la van col·locar al centre, damunt de la pedra. En aquell mateix moment ella va obrir els ulls i s'enfrontà a totes les mirades que tenia al davant. Estava serena i ferma, sens dubte era la missatgera del bé. La persona més forta del món.

Els guerrers començaren de nou a dansar i a parlar amb el dialecte antic.

La mort, ara ja sabia que era Riss per la seua cara terrorífica que el delatava, va traure un paper de la caixeta de nacre que portava a les mans.

A partir d'aquell moment podrien descobrir el canvi del paper original i tot podia córrer en contra nostra.

«David, pensa què tens que fer ara?» Uns minuts i tenia la solució: viatjar al passat, clar. Tot tremolós vaig agafar el bolígraf que portava a la butxaca i un paper per escriure: «avui vull estar al monestir a les tres del matí al costat de la meua germana». Vaig doblegar el paper entre les mans i vaig tancar els ulls. El temps continuà... i el viatge començà.

A l'instant estava a una cel·la, una mena de presó, el lloc on estava feia unes hores la meua germana.

—Núria desperta. Núria sóc jo, David.

—Qui ets? —contestà dèbil perquè estava drogada.

—El teu germà. Escolta, ara no pots quasi reaccionar, però recorda quan despertes que has de mirar-te la mà.

Aleshores vaig escriure-hi les següents paraules: «Estic amb tu darrere d'un pilar».

Després vaig tornar a la realitat, a temps per observar com Núria descobria la meua frase escrita a les seues mans. Es quedà glaçada, rígida, sense voler creure el que estava veient, però al final va comprendre tot el què estava passant i va fer un somriure.

Els guerrers feien tasques diferents en el ritual, però tots portaven a les mans els trossos de pedra trencada en forma de figura de dona. Mentre cantaven deixaren els trossos damunt la pedra. El seu poder era tal que, poc a poc, començaren a moure's aproximant-se els uns als altres per una força magnètica per formar la figura original: la Venus. La cassoleta perillava...

Un ganivet començava a brillar entre la foscor, prompte finalitzarien el ritual. Feia una calor insuportable, possiblement, perquè la cassoleta estava trencant-se.

Núria esperava no flaquejar perquè sabia que algú que l'estimava molt era a l'aguait per intervindre en qualsevol instant.

Però aquella gent tenia la sang freda, sense sentiments i la mort continuava fent moviments amb el ganivet. Cada vegada cridaven més fort, com si foren posseïts per la situació. Remolins de vent infernal començaren a entrar pels passadissos que donaven al claustre.

Com un foraster desconegut a totes les mirades jo prenia de nou altra decisió... intervenir ja.

Quan Riss, el guerrer de la mort, agafà la meua germana del pèl vaig eixir del meu amagatall fent xiscles plens de bogeria. Repetia els noms dels guerrers ple de còlera:

—Riss, Mindel, Güntz i Würm, sou vençuts.

Aquella aparició va trencar tot l'encanteri del ritual i els quatre guerrers es miraren desesperadament.

El guerrer de la fam va xisclar apassionadament amb paraules desficaciades en contra meua, però jo estava tan seré que la meua mirada era difícil de suportar.

Com tot en la vida, allò que d'alguna mena està escrit, ha d'acomplir-se. Així que, encara no havia donat el primer pas per anar a l'atac final quan els llibertadors aparegueren de colp i volta darrere meu.

—Sóc ací de nou, amb el poder de les paraules vertaderes —digué el sacerdot.

—Som ací de nou, amb el poder del bé en general —digueren a la vegada els altres dos llibertadors.

Tot va ocórrer a partir d'aquell moment tan ràpid que l'energia creada per les paraules que deia Enric llegint el paper original es barrejava amb el fum que desprenien els quatre guerrers en convertir-se en no-res. Aquell fum que segons la llegenda ens portaria a tots a la mort.

—Estem immunitzats, estem immunitzats pel ritual del calze —diguérem tots a la vegada amb una veu relaxada.

El sacerdot repetia una i mil vegades les paraules que semblaven cremar la pell dels nostres contraris de tal forma que, al final, nosaltres quatre també ens les sabíem de memòria. Tots a una repetíem, tots a una derrocàvem, tots a una vencérem el mal del món... per fi, tots a una.

Finalment, els cossos dels vençuts van quedar inerts, buits de carn, ja que estava cremada pel passat.

L' únic que va quedar damunt dels vestits foren els seus medallons.

En quatre camallades era al costat de Núria:

—Tresor estàs bé?

—Ets un bon germà, un bon guerrer. Ja t'he provat, ja...

Llàgrimes d'alegria omplien els nostres cors.

—Però estàs bé?

—I tant, heu fet allò que havíeu de fer.

Així doncs, vaig comprendre que les coses s'esdevingueren tal com ella tenia previst.

El sacerdot estava esgotat, però va fer l'últim intent d'agafar els medallons i els trossos de la Venus. Però això no fou possible perquè desaparegueren cap als quatre vèrtexs de la piràmide del mal. Un medalló i un tros per a cada ciutat on restarien guardats en les seues entranyes fins al pròxim guardià. La piràmide del mal estava trencada però les malifetes dels humans, poc a poc, acabarien completant-la de nou.

Amb lentitud retornàvem pel passadís cap a l'església, però també amb l'alegria de ser els vencedors en favor del bé.

El nostre esgotament era tan elevat que no desitjàvem parlar de res.

—Anem a la residència, Andrés estarà preocupat.

Així era, a més a més, tots els nostres companys feien mala cara, estaven cansats de la nostra actitud tan poc companya. Ells sols sabien que en la majoria de les curses l'esforç l'havien fet sense la nostra companyia.

—On estàveu? —la pregunta era amb un tot amenaçador.

Les seues mirades enfurismades denotaven que no volien saber res de tots nosaltres.

Però... Núria va aparéixer per la porta, amb un somriure tan angèlical i dolç que tots quedaren petrificats per la seua actitud.

—Venim de practicar un nou avenç de vela curta i llarga a la vegada —va dir rient—. Hem estat tota la nit i part del matí a la mar.

—Què fas ací? Tu abandonares el concurs fa molts dies —li va dir el mestre d'Educació Física enutjat.

—No sé què heu pensat de mi, però vaig anar a casa per ensenyar-me un moviment amb les veles que ens farà guanyar —digué amb serenitat.

—Si voleu, és clar —vaig afegir.

Núria explicà com havíem de lligar i deslligar les veles quan canviaren els vents. Aquesta forma de fer-ho augmentava quasi el doble la velocitat del vaixell. Poc a poc la calma retornava a la residència; fins i tot cantàrem.

Un bon dinar, un bon café i la competició era allí; aquella mateixa vesprada teníem l'última cursa i anàvem el últims, caldria anar amb ànims.

Tots equipats amb el xandall del col·legi i les mans agafades caminàvem al port. Allí, el nostre xicotet vaixell esperava la victòria.

Imagineu la mar, les ones emblanquides per l'escuma nerviosa. Els vaixells ordenats, plens de colors amb la il·lusió de fondejar cap a l'interior. I nosaltres plens de... de tot. Era tal l'interès que teníem de ser un grup, una nova assemblea escolar, que cap participant tenia res a fer aquella vesprada.

Les veles trencaven el cel, les mans brunzien movent les veles d'un lloc cap a un altre al ritme de la velocitat. Un a un passàrem orgullosos a tots els vaixells —orgullosos d'allò que érem— cap a la meta com els vencedors de la cursa de vela del 2007.

Tot allò que té un inici té una fi. Ara havíem d'acomiadar-nos del nostre nou amic, el sacerdot. Ningú tenia massa ganes de fer-ho, però açò també estava escrit.

A les cases ens esperaven els nostres pares. Estaven esperant els vencedors d'una gran proesa escolar: la cursa de vela.

Aplegàrem per rebre els aplaudiments de tots, però nosaltres i les nostres mirades parlaven d'altra batalla guanyada a més de l'amistat.

La complicitat de l'experiència ens ajudaria a créixer plens de màgia. Érem l'assemblea dels llibertadors, una gran orde per a controlar el mal.

Encara avui no sé què hi havia escrit al paper del manuscrit que es completava sol entre les mans de la meua germana. Segons la menuda era una carta per a ella del iaio Pep. Això era una complicitat diferent a la meua, una complicitat entre els guardians de la humanitat...

Índex